根本真情系列 4

心中一把尺

林怡種 /著

序

頭頂一片天

／傅崐成

在滔滔海峽的西側，面對著福建蜿蜒多灣的海岸，金門靜臥著。蔥蘢的林木，紅瓦石牆，在略顯陳舊的村莊裏，鳥雀飛逐，雞犬相聞。金門人在這個島嶼上，生活著。千年的時光也就這麼過去了。

從中原黃土高原上遷徙入島的；從雲貴高原、廣東、廣西山區，隨軍入島的；從臺灣、從日本、從南洋，其他島嶼，輾轉入島的；不少人，陸續就這麼登上了金門島，然後在這島上生生死死了。但還有更多的人，離開了，脫離了金門島，也在世界的其他角落，生生死死了。據說，在目前地球上活著的六十億人口中，有百餘萬個是金門人。雖然它的定義有些含混，但是金門人就是金門人。凡是金門人，一聽到「金門」這個名字，就會有所觸動。那種感覺和其他地方來的人，明顯不同。

我有幸，在行將年入半百的時候，心一橫，入島了。把從臺北裝船運來的書，裝滿了一層小樓。然後，在金門的老街上，日日迤邐而行。在金門與臨近的廈門島之間，船來船往，漂來漂去，靠著教書、講學維生。無意中，得有機會認識了一名金門少年。

這個慣於赤足行走在沙灘、田野的少年，靠著在海邊撿拾血蛤，在荒野搜尋廢棄的、生銹的炮彈碎殼、銅屑，居然也在學校裏吃上了營養午餐，騎上了自己咿咿作響的腳踏車，還找機會讀透了三國演義，翻遍了水滸傳、封神榜。

不幾年功夫，這名少年，沒給不長眼睛的炮彈炸死，橫七豎八地長大了，竟到了能夠執筆寫文章，賺幾文稿費，給自己打打牙祭的時候。更驚人的是，在沒有留美博士的頭銜，甚至沒有任何土造大學學士學位的情況下，這麼一個簡樸無奇的金門高中生，居然考過了國家考試，當上了政府公務員，靠著在醫院裏給人照照肺、照照胃腸，並且一年一年，戰戰兢兢地工作、生活、結婚、生子，最終幹到了《金門日報》總編輯的「高官顯位」！

時光荏苒，現在，這名金門鄉土少年已經兒女成行啦！銀灰色的毛髮，不但在他的耳鬢冒出了三兩莖，甚至在他的耳朵裏、鼻孔裏、眉毛間，也竄出了一兩根。眼看著多年來寫成的文字，堆積如山。再看著周遭大傢伙，流行出書，不但大中小學的老師出書、大中小書店的老闆出書、馬英九這樣的帥哥和蔡依林這樣的美女出書，就連監獄裏的囚犯、跑路的被告也都在出書；於是，在朋友們的催促之下，他也就鼓足了勇氣，把那麼些年來，在《金門日報》陸續發表過的許多文章，加上些過去從未曾發表的文稿，挑出了百篇足以反映出自己人生心路歷程的篇章，集結成書，取名為《心中一把尺》，並且邀序於我。

初看到這本書稿的首頁題名，我原本推想他的意思，是要在這本集子中，抽出腰間的鐵尺銅鞭，左批昔日情敵，右砍今日政客，中間再做勢衡量一下自己今昔的長短——就像許多文人墨客的文集那般。但是，待到細讀了他的百篇文稿之後，才慚愧地，驚訝自己的粗略。

用我太複雜的心情，去看待這個金門本土少年的百篇筆記，就像是用濃厚的油彩，去描畫齊白石的青瓜、烏雀——除了凸現出了描繪者自身的膚淺，沒有一絲絲美感之外，還突兀地破壞了白宣紙上簡約的墨趣。

《心中一把尺》這本文集，確實是一把尺，確實是一把細緻精密的尺。但它沒有丈量了什麼私人的恩怨情仇，沒有批誰、沒有砍誰，更沒有算計了什麼人的功過。它衡量出了，我這個「首席讀者」內心陰暗角落的長短；它丈量了這個島嶼的幅員廣狹；也測算出了島上古往今來人們心臟的寬度和胸臆的廣度。

這把尺上的刻度極其細微，其間有乾隆皇帝和蘇東坡，有生氣的老校長、有傻瓜的李所長，也有從升旗臺上一躍而下的老同學黑貓仔，和海灘上搶拾麥仔茶的金門父老鄉親。

我在金門定居瞬已六冬，也自以為對這個金門本土老少年，認識已深。但是，在他的書中的每一處字裏行間，我不斷發現了一些我過去從未考慮到過的事，從未認真思想過的理；也看到了許許多多我還不曾見到過的金門人民的面孔。

他用這把柔軟、綿密、無體、無量的心中一尺，向頭頂上的天空，那麼一揮，就撥除了陰霾，讓陽光閃入，創造了一片晴朗的天空。

在煙硝散盡的海隅一島，他的頭頂上，已經有了一片朗朗晴空。

我還在尋找。

二〇〇七年十一月廿八日於金門

目次

序／003
心中一把尺／013
權力魔杖／015
牛皮看人吹／017
雖傻又何妨？／019
學而時習之／021
本立而道生／023
好漢不提當年勇／025
閒話春聯／027
人咬狗不是新聞／029
歹路毋通行／031
命裡無時莫強求／033
有理行遍天下／035
掠龜走鱉／037
熱忱與冷水／039
仙人打鼓有時錯／041
不恥下問／043
以人為鏡／045
臨財毋苟得／047
富不過三代？／049
知難行易／051
莫當白字先生／053
讓他三尺又何妨？／055
油麻菜籽／057

諧音的妙用／059
蟻穴可潰堤／061
犢仔不畏虎／063
官大理更大／065
難忘中古單車／067
身教重於言教／069
理直氣就壯／071
重讀西遊記／073
「官」好人生是彩色／075
最怕只剩一張嘴／077
誠懇待人／079
手心向上與向下／081
笑口常開／083
風水輪流轉／085
人性光輝／087
半瓶叮噹／089
婆媳親　全家和／091
強中自有強中手／093
閒話廁所文學／095
船過應有痕／097
對得起自己／099
夜貓甘苦談／101
歡迎新作者／103
我也是「騙子」／105

瞄準籃框／107
發福非福／109
鄉愿的代價／111
養榕情深／113
老農的嘆息／115
窮厝無窮路／117
不願讓孩子當總統／119
花生成熟時／121
吃苦如吃補／123
我該換電話號碼了／125
揠苗不能助長／127
「包二奶」的省思／129
官字兩個口／131
怎一個憂字了得／133
錯別字　鬧笑話／135
活得像自己／137
選賢與能／139
畫餅不能充飢／141
善惡一念間／143
鬼月，何懼之有？／145
土水師驚掠漏／147
不要自找麻煩／149
我上法庭當證人／151
重視水電供應／153

愛心不容冒用／155
不要當傻瓜／157
兩性平權？／159
懷念倪阿嬌老師／161
跟著流行走／163
撿彈片換午餐的童年／165
四維今安在？／167
好心平雷親／169
誰來當老闆／171
土猴惡坑口／173
平時要燒香／175
就從今夜起／177
金門視野來去／179
拒當白老鼠／181
觀心觀光／183
臨危不亂／185
保存戰役史蹟／187
童年歲月／189
順應時代潮流／191
急振急診／193
事事關心／195
我只有高中畢業／197
妙算有玄機／199
水火大賊／201

玩火必自焚／203
知足心常樂／205
南洋錢、唐山福／207
勤儉致富／209
家和萬事興／211
期待再相會／213
附錄——懷念《浯江夜話》／215
後記——但使願無違／219

心中一把尺

記得唸小學上自然課時，老師為了講解水銀的比重很重，而且無孔不入，特別引用一個故事做說明：中國人頭腦很聰明，很早就知道水銀的妙用，早期一些華僑到南洋和土著做買賣，將秤心打通灌進水銀，買貨時先將秤尾朝下，水銀順勢下流，於是，二十兩的貨品秤起來只有一斤重；而賣出去的時候，則先將秤頭朝下，讓水銀灌滿秤頭，一斤貨品實際上只有十四兩，靠著這個小技巧，很多人發財致富。

這一則故事，淺顯易懂，鞭辟入裡，雖已歷經二十幾個寒暑，可是，情節依然時時縈繞腦際，甚至，當年老師站在講台上的神情，以及同窗們為中國人的聰明自豪、而拍手叫好的情景，至今仍歷歷在目，旦夕不能或忘！

坦白說，當時幼小的心靈，我不知道什麼叫做公道人心，同樣也為中國人智慧高人一等，而與有榮焉地拍手叫好，直到年長踏入社會之後，親身體驗許多不公不義的情事，才猛然發覺人與人之間，巧取豪奪，並不是聰明才智的表現，而是一種十分殘忍、且不人道的行徑。

當然啦！優勝劣敗，適者生存，這是一個弱肉強食的世界，大魚吃小魚、小魚吃蝦米，宇宙進化千古不易的法則。然而，人之異於禽獸，在於人是萬物之靈，能明禮義、知廉恥，每個人的心中都有一把尺，能衡量是與非。而一般正常的人，都有民胞物與惻隱之心，凡事能悲天憫人，設身處地為別人想，使用那把尺的時候，嚴以律己，寬以待人。

可是，放眼芸芸眾生，鮮少人能跳出三界外，都在五行中，特別是一些有權、也有錢的人，不能時時將心比心，以慈悲為門、善念為本，反而為了爭名奪利，心中的那把尺，擁有二種使用的標準，很容易原諒自己，而苛責別人，在這文明的世界，那種心態和使用空心秤欺騙土著，實在沒有什麼兩樣！

俗話說：「既在佛下會，都是有緣人！」芸芸眾生，能在這浩瀚宇宙之中相見，不管是點頭之交，或為親人、為同事，都是千載難逢的機緣，因此，每個人若能處處多為別人想，每次使用心中的那把尺時，能多讓人三分，這個世界將更祥和！

一九九五年九月二十七日

權力魔杖

每次看到小學同學「黑貓仔」，內心不自覺地油生一陣酸楚，尤其是看他蹲在市場邊販賣辛苦撈捕的小魚蝦，三十幾年前的往事，又即刻浮現在眼前！

認真說，「黑貓仔」大我三歲，理應在「八二三砲戰」那年讀小學，也許當年島上漫天烽火，在敵人的砲火下，生命朝不保夕，而且，當時教育不普及，一般鄉下的孩子沒有上學的機會，因而錯失及齡那年入學。幸好，戰後政府大力推展教育，雖逾齡三年，仍與我一起進入鎮上的小學，六年後也一同免試升上首屆國中，只可惜，國一上學期，他輟學了。

記得那一天早上升完旗後，「黑貓仔」從訓導處被連拖帶拉上升旗台，低著頭不斷哭泣；隨後，校長指著他大罵「貪吃」，不該大清早溜進廚房偷走一個饅頭，所以，要給予應有的處罰，以昭炯戒。於是，叫工友拿來毛筆和墨汁，當著全校師生面前，在他嘴巴外圍劃一個「黑圈」。由於「黑貓仔」一直哭泣滿臉淚水，並不時用手撫拭，被劃上「黑嘴圈」之後，墨汁隨著淚水擴散，一臉烏黑令人不忍卒睹！

校長在「黑貓仔」臉上劃好「黑嘴圈」之後，還繼續指著責罵，要求同學們引以為戒；然而，說時遲，那時快，「黑貓仔」冷不防從升旗台一躍而下，放聲嚎啕大哭直奔校門口，從此，校園裡再也沒有看到他的身影。

三十多年來，「黑貓仔」被校長劃「黑嘴圈」，以及哭著奔跑回家的情景，一直深烙腦際，尤其，每當看到有人自以為「官大一級壓死人」，耍威權動輒記過、或開除，往昔那一幕又浮現眼前，而且，內心裡一直想不透，縱然學生到廚房偷拿饅頭的行為有一千個不對，但是，為何不先問問，到底他家裡發生了什麼事，為什麼沒有吃早餐來學校？

也許，當時校長倘能先給予關懷，而不是當眾辱罵貪吃，並用墨汁在臉上「黑嘴圈」，嚴重傷害他的自尊心，相信「黑貓仔」也不會輟學，毀了一生大好前程。今天，他可能是國家或社會的中堅人才，不必靠抓魚蝦討生活！

權力，是一把魔杖，可以造福人群，流芳百世；也可以肇禍遺臭萬年，歷史故事不勝枚舉，善惡存乎一念之間，端看個人之拿捏！

二〇〇六年十月十日

牛皮看人吹

新科立委李敖，自許是思想家、歷史家、文學家、大作家兼大坐牢家，家繁不及備載；競選宣言明確表示：為了國家，願意分出部分時間做國會議員，把自己變小了，而把國家變大了。

尤其，他宣稱在立法院平台上，要做高堂獅吼、發哄堂妙語、搞廟堂顛覆、出天堂效果；並為正義上公堂、為真理拆殿堂、為爛黨佈靈堂，更要是高瞻遠矚特立獨行的一言堂、是殺得雞飛狗跳的一言堂、是蘇東坡讚美「匹夫而為百世師，一言而為天下法」的一言堂、是令大家喊爽爽爽的一言堂。

事實上，李敖唸大學時常穿長袍，休過兩次學，畢業後常寫書批評時政，喜歡打抱不平和打官司，因而坐過兩次牢；年過半百喜歡穿著紅夾克，目前著作超過一千五百萬言，曾公開宣稱：「過去五十年來，未來五百年內，白話文寫得最好的前三名是：李敖、李敖、李敖！」一話講得很自狂，但迄今無人敢站出來挑戰，可見大師並非浪得虛名！

其實，自信學問淵博，又敢公開嗆聲的，並非始於李敖。話說清乾隆皇指派翰林院學士王爾烈南下主持「三江科考」，考生猜想北方來的主考官，只會出類似「學而時習之」的題目，消息傳進王爾烈耳裡，決定將計就計，給考生一些顏色瞧瞧。

於是，第一場考試即以「學而時習之」為題，考生皆竊笑不已，洋洋灑灑很快繳卷出場，卻莫名主考官為何也端坐講台上振筆疾書；第二場考試，題目又是「學而時習之」，因構思佳句第一試已精銳盡出，泰半考生只能勉強搜腸刮肚應付，然主考官仍端坐講台上埋首揮毫；第三場考試，題目竟還是「學而時習之」。所有考生皆傻眼，幾乎都繳了白卷，而主考官依舊端坐講台上寫個不停。

考完試後，王爾烈對考生說：「各位考了三場，我也寫了三篇，貼在場外請各位多多指教。」一眾考生見篇篇立意不凡，各具特色，佩服得五體投地，爭問尊師大名，但見主考官故意調侃：「天下文章數三江，三江文章數吾鄉，吾鄉文章數吾弟，吾為吾弟改文章。」傳為千古趣談，真的是牛皮人人會吹，巧妙有所不同！

二〇〇五年三月四日

雖傻又何妨？

金門農試所所長李國榮屆齡退休了，告別四十餘年的公務生涯，自許回家後要過「採菊東籬下」的田園生活，像「天地一沙鷗」自由自在！

當然，一個人屆齡榮退，這是「長江後浪推前浪、一代新人換舊人」，公務體系人事新陳代謝的自然現象，委實不足以大驚小怪；然而，比較引人矚目的，是李所長的退休感言，不是列舉任內曾記了多少大功、小功和嘉獎，也不是細數多少豐功偉業造福社會，竟是以「其呆無比——一個傻瓜要退休！」為自己漫長的公務生涯作總結。

其實，綜觀李所長所謂的「其呆無比」，只是他自認為人處事一板一眼，不懂得交際應酬，深信「與其廣交以延譽，毋寧索居以自全」，踽踽獨行在農業發展、與熱愛文學之路，日子過得平實、平淡，自覺樂在其中！

尤其，畢生致力農業研究發展的李所長，認為文學脫離不了農業，因為，白居易長恨歌裡的「在天願做比翼鳥，在地願為連理枝」；鳥與枝，都是廣義的農業。又如：「珠藏澤自媚，玉韞山含輝」、以及「月到梧桐上，風來楊柳邊」，尤其，一部詩經幾乎都是以農業做為題材，成為千古傳唱的詩篇。

事實上，從前為官，那是「一命、二運、三風水、四積陰德、五讀書」，靠祖先種因緣、修福報，再加上自己「寒窗苦讀」，才有機會在殿試中舉，袍笏加身躋進士林；如今，升官捷徑變成「打一杆高爾夫球、喝兩杯洋酒、唱三首台語歌；摸四圈麻將」。說得更明白一點，當下的官場中人，需要長袖善舞、勤於交際應酬，下班後浸在酒桌與牌桌上，比守在書桌前苦讀，更容易步步高升、一帆風順！

因此，放眼當下公務界，下了班忙於喝酒、打牌的比比皆是，而捨得花錢買書的寥寥無幾，就算肯走進書店，也以購買理財、情愛小說居多。休閒願研讀詩經、史記之類古典文學書籍的人，更是鳳毛麟角！因為，擁抱古典文學書籍，既升不了官，也發不了財，不是傻瓜是什麼？然而，陶淵明的「寓形宇內復幾時，曷不委心任去留」、「羨萬物之得時，感吾生之行休」，又是何等的境界！它表示的是什麼，不也正是傻瓜的寫照？

誠然，「鍾鼎山林，各有天性，不可強也！」李所長之所以自嘲是傻瓜，正因不涉酒色財氣，不善於交際應酬，只喜歡與作物及文學為伍，自覺「松性本孤直，難為桃李顏」，日子過得快樂充實。所謂「名利不如長壽，長壽不如健康，健康不如快樂」，一個人不忮不求、與世無爭、樂乎天命，創造社會祥和，澹泊而脫俗、寧靜而快樂，雖傻又何妨？

二〇〇七年七月一日

學而時習之

「論語」開宗明義第一篇，子曰：「學而時習之，不亦悅乎！」按照字面上的解釋為孔老夫子勉勵學生：努力追求學問，能時常複習，就是一件很快樂的事。

的確，三千多年前孔聖的這一套理論，與西方國家當前推行的「終身學習」不謀而合。或許，「優勝劣敗，適者生存！」這是宇宙進化千古不易的鐵律，每個人要在競爭與變遷的環境之中生活，就必須不斷勤於學習和充實自我，還要時時練習運用，生活自然會很快樂！

過去，只要拜師三年四個月，學得一招半式技藝，就能跑江湖養家糊口，若能精研獨門絕學，即使不能「獨領風騷五百年」，也能傳子、傳孫享益不盡，可是，近年來，科技發展瞬息萬變，資訊傳播無遠弗屆，很多著作和發明是能享「智財權」專利，但已沒有什麼秘密，因此，不管幹那一行的，「保持現狀，就是落伍！」倘若不能時時充實新知能，很快就會被時代所淘汰。

譬如說，過去當老師的，只要能言善道，練就「三寸不爛之舌」，就能在課堂上唬住學生，保證高枕無憂，而今，學生個個玩電腦的功夫「嘎嘎叫」，有什麼疑惑、要什麼資料，敲幾個按鍵就有，早已沒有什麼能瞞得了學生，如果教學還不會使用電腦，無法以先進科技當輔助教材，跟不上時代潮流的老師，大概會被學生看扁！

同樣的情況，今天從事新聞編輯、採訪工作，除了國學基礎要好、文筆要流暢、語文表達能力要強之外，更重要的是，要熟練電腦操作，因為，當下已是網際網路世界，無論文字或圖片完全數位化處理，想要在工作職場討口飯吃，電腦入門已是必備的要件。同時，還要天天花時間掌握國內、外新聞資訊，更要撥時間閱讀古典書籍，所謂「台上三分鐘，台下十年功」，畢竟，任何一篇報導，皆需面對廣大讀者嚴苛的檢驗，因此，唯有「學而時習之」，工作才能勝任愉快，否則，「一天不練，手生腳慢；兩天不練，功夫丟一半；三天不練，只能瞪眼看！」

所謂「活到老、學到老」，孔老夫子的論述，三千多年後仍能獲西洋人認同，可見「學而時習之」，蘊含千古不易的哲理！

二〇〇五年二月二十日

本立而道生

孩提時，曾聽祖父提及年輕時與伯公，挽著簡單的包袱，一起搭船經廈門到南洋做苦力討生活；有一次，兄弟倆被工頭分別帶開到不同的島嶼工作；由於印尼是由一萬七千多個島嶼組成的國家，橫跨印度洋和太平洋，更因昔日通訊不發達，從此失聯音訊全無，生死未卜；祖父年老返鄉，已在三十年前歸隱道山，關於伯公的下落，依然杳無音訊！

去年夏天，台中有一位經營木材進口的貿易商，承在印尼峇里島的生意伙伴之託，專程來金門代為尋根，幾經打探，很幸運的在村子的廟裡巧遇宗老，替伯公的孫兒找到祖居地；很快地，出生在南洋，年逾不惑的堂弟，終於順利飛回原鄉金門，一償萬里尋根的宿願！

話說民國初年，金門地瘠人貧，居民三餐都成問題，孩童沒有讀書識字的機會，未及弱冠即爭相搭舢舨到廈門，再轉搭「火船」到南洋當苦力，賺取微薄的血汗錢寄回家鄉奉養親人，正是所謂的「南洋錢，唐山福！」換言之，當年伯公「落番」時，也是目不識丁，但鄉關萬里，仍牢記著家中的昭穆序次，有幸在異邦繁衍下一代，兒孫皆依昭穆序次取名，也就是按輩份排行命名，希望永遠記得來自浯島，有朝一日能榮歸故里。

認真說，伯公「落番」逾八十餘載春秋，其間曾爆發印尼大規模排華運動，華人遭殺害無數，並禁止讀華文、說華語。然在印尼出生的堂弟，算是第三代華僑，雖沒有機會上華文學校，國語是講得不太「輪轉」，但母語金門話，卻說得十分流利，且知道我們家這一族，是全世界林氏唯一的「林李同宗」，燈號為「瀛洲傳芳」，昭穆序次是：「公卿侯世德、丕成遠垂芳；厚道聲顯耀、賢富應揚輝」，八十餘年來在異邦僅靠口耳代代相傳，卻能字字保存延用，彌足珍貴！

金門人都知道，當年「孤蓬萬里征」到南洋討生活的鄉親，在人生地不熟的異邦做苦力，勞動環境差、傷亡率高，因而十之八九窮途潦倒、老死他鄉，所謂「六亡、三在、一回頭！」伯公去國八十餘載，音訊全無，雖然未能落葉歸根，但其孫兒傳承衣缽，能再回到原鄉尋根，帶回伯公已失聯八十載後的訊息，也帶回來他的兒孫在南洋，雖沒有機會讀華文，不識孔孟是何人，卻懂得「君子務本，本立而道生」的道理，令家族欣喜與感動！

二〇〇五年三月二十二日

好漢不提當年勇

從印尼峇里島回來尋親的堂弟，對家鄉充滿新鮮感與好奇，手裡拿著超薄袖珍型數位相機，到處拍照留影，想要把原鄉金門的景象，帶回僑居地與親友分享！

臨上飛機離鄉之前，堂弟還告訴我，他的母親姓張，是來自浯島的第二代華僑，但不知是那個村落，於是，我特帶他走訪青嶼、沙美和營山等聚落，拍「張氏家廟」的照片，以便給還在印尼的伯母聊慰鄉愁！

說來可笑，我是一個「玩」了二十餘年相機的人，但當堂弟站在背景前，要我幫他取景按快門時，面對新穎的掌中型數位相機，卻一時無從下手。畢竟，今天的照相機，都已打破傳統的窠臼，任憑過去多麼精通照相技術，如今已是十足的門外漢！

說實在話，不是我愛吹牛皮，自民國六十四年起踏入照相之門，先從事醫院X光照相年餘，隨後奉派赴台接受專業「彩色分色製版照相」與沖片訓練，返金後專職擔任該項工作十餘年，而且，家裡在市街經營照相館生意逾二十載春秋。換言之，我使用過的照相機，從專業臥式像小貨車般的大照相機、中型的室內人像照影機，以至單眼、雙眼小型手攜式照相機，種類繁多，不及備載！

值得一提的是，當年在軍管體制下，照相機需有使用執照，一般人想擁有難上加難，然而，島上駐守十萬大軍，台、金電話不通，民航機未開航，阿兵哥來到戰地服役，只能靠寄照片回家報平安。雖然，每家照相館只核准十張相機使用執照，但大家普遍暗藏百台以上的袖珍型相機，才能開門應付阿兵哥租借生意；而且，營業照片幾乎都是自行沖洗，所以，個人除了玩過大大小小的相機，也精通暗房底片、和相片沖印技巧，若被稱為「照相玩家」，應是「雖不中、亦不遠矣」！

然而，科技發展日新月異，各種傳統照相機和暗房沖片技術，皆被淘汰丟進歷史垃圾桶，已完全被電腦數位化影像處理所取代，雖然，家裡曾先後買過多部數位相機，使用技術日益成熟精進，但面對堂弟帶回來新穎機型，卻仍一時無從下手，我真的不敢讓他知道自己曾是照相高手，因為，好漢不提當年勇，過去所學的那一套功夫，早已隨風而逝！

二〇〇五年三月二十八日

閒話春聯

新春期間，到處張燈結彩，家家門前張貼紅色春聯，其喜洋洋。古時候，人們相信在門楣上懸掛桃枝，可以驅魔避邪求平安，稱為桃符。唐朝以後，改用紅紙寫吉祥話，修飾對仗貼於門上，作為新年討喜的象徵。相沿至今，貼春聯、換門神，成為中華民族過年重要的習俗，也是炎黃子孫特有的精神財富；每年的除夕日，家家戶戶在大門口張貼春聯，用以迎春、招財與納福！

據民間傳說，用紅紙寫春聯，始於明太祖朱元璋，有一年農曆除夕前日，賜予公卿士庶各式各樣的春聯，命貼於門前展現新氣象，一夜之間，由官邸豪門推廣到尋常百姓家，隔日，太祖微服查看街坊張貼情形，發現只有一戶人家沒有貼春聯，細問之下，方知屋主是閹豬的，因不識字，寫不出應有行業的春聯，於是，命隨從取來文房四寶，當場揮毫寫下：「雙手劈開生死路，一刀割斷是非根」的春聯，交予閹豬人家貼在門上。

事實上，一般人家最常張貼的春聯，非「財」即「福」，諸如「門迎春夏秋冬福，戶納東西南北財」、或「天增歲月人增壽，春滿乾坤福滿門」等等，目的只為除舊佈新，增添年節喜氣；然而，不同的族群和不同的行業，也有獨特的春聯，諸如理髮店的「雖是毫末技藝、卻為頂上功夫」；鞋店的「前程遠大腳跟須站穩、工作浩繁步驟要分清」；藥店的「三更到來三更賣、半夜敲門半夜開」；書店的「古今書籍憑君選、中外文章任你觀」，各具特色，不勝枚舉，而且，春聯也是書法家、詩詞作家獻藝的寶地。

當然，春聯張貼各自表述，悉聽尊便，相傳清乾隆皇某次出巡，見一戶人家門口春聯是：「驚天動地門戶、數一數二人家」，橫批是：「先斬後奏」，不禁勃然大怒，傳主人出來問話，始知大兒子是更夫，夜間一敲梆子震天價響，確是驚天動地；二兒子在市場賣糧，入帳時收錢數一數二；三兒子是屠夫，先殺了牲畜才能做生意，確是先斬後「奏」！乾隆皇聽罷，不禁啞然失笑，怒氣全消，還頻頻向屋主拱手致意後離去，暗忖「聽君一席話，勝讀十年書」！

二○○五年二月十四日

人咬狗不是新聞

從前，站在新聞的觀點，「狗咬人，不是新聞；人咬狗，才是新聞！」狗，是牲畜，自遠古時代起，即是人類忠實的伙伴，雖同時歷經幾千年的演化，人類科技文明都上了太空，而狗依舊四腳著地、臉長毛，仍停留在幫人看門防盜，所以，狗咬人是與生俱來的天職，不值得大驚小怪。

相反地，人是萬物之靈，明禮義、知廉恥，倘若一個人用嘴去咬狗，絕對是一件很奇怪的事，要是記者適時拍到畫面，有圖為證，這樣的消息見諸報端，必能滿足人們偷窺、好奇的慾望，極具新聞賣點。

然而，時轉勢移，隨著大環境的變遷，這年頭「狗咬人」，可能成為大新聞，而「人咬狗」，卻不一定能上媒體。因為，如果咬人的狗，是第一夫人阿珍心愛的「哈尼」，或是前游揆帶著在電視上一起向國人拜年的「乖乖」，不但是一條很大的新聞，且鐵定上「頭版頭」，甚至，電子媒體要出動轉播車，新聞熱勢必連燒幾天。相對的，這年頭如果發生「人咬狗」事件，那個人十之八九精神有問題，記者膽敢拍照登報，將觸犯「身心障礙者保護法」，必定挨告吃官司。

其實，這是講人權的時代，每個人的肖像權都應受到尊重，無分達官顯要，或販夫走卒，抑是十惡不赦的罪犯，皆不可隨便拍照，即使是新聞記者，也不能例外。換句話說，時代不一樣了，新聞記者亦不能享有特權隨便錄音、拍照，尤其是未成年的孩童，或身體長相奇特的人，雖有新聞賣點，卻特別受到法律的保護，神聖而不可侵犯。

所謂「時代在變，環境跟著不同！」以前，記者手中之筆，操弄輿論生殺大權，褒貶繫於一念之間，然時至今日，資訊普及、社會多元化，且民意高張，記者跑新聞營造賣點，處理過程都要格外謹慎，「狗咬人、或人咬狗」是不是新聞？能不能報導？因人、事、地的不同有所差別，端看自己的拿捏判斷；說得更明白一點，今天從事新聞採訪工作，除了文筆要好，手腳要快，更要具備法律基本概念，真的不是一件簡單、輕鬆的工作！

二〇〇五年三月十日

歹路毋通行

認真說，我是一個標準的棒球迷，緣起於民國五十七年，金龍少棒隊在美國威廉波特贏得世界冠軍之後，全體隊員來金門勞軍訪問，當時，我還唸國二，全校師生到沙美車站，列隊向小英雄揮手致敬，自此開始熱衷追尋棒球消息，時常觀看電視轉播比賽，因而諸多球員之打序和守備位置，皆瞭若指掌，如數家珍。

當然，除了觀賞國內或中華隊的比賽，偶而也看日本或美國職棒轉播，尤其日本西武隊的比賽更是不輕易錯過，因為，隊中有來自台灣號稱「東方特快車」的投手郭泰源，自然多擁有一分親切的歸屬感！

然而，日前媒體爭相報導：曾連續四年被「富比世」雜誌評為世界首富的日本西武集團負責人堤義明，涉嫌作假帳和非法內線交易遭檢方拘捕，經偵訊認罪入獄，未來若判決罪名成立，將分別被判五年和三年的有期徒刑。面對這項突如其來的消息，不但震驚全世界，相信對所有西武球迷來說，亦是晴天霹靂！

根據新聞報導，現年七十歲的「西武集團」總裁堤義明，繼承父業後發揚光大，在二十年內買下全日本六分之一的土地，所建立的「商業王國」涵蓋國內、外八十一家飯店、五十座高爾夫球場及三十六個滑雪場、與許多百貨公司、和鐵道，總計僱用三萬五千餘名員工，人脈極廣、政商關係良好，身價高達六千三百餘億台幣，曾連續四年排名全球首富。

按理說，世界首富擁有的鈔票，幾輩子也花不完，竟違法身繫囹圄，委實令人驚訝。原來，堤義明為人處事專斷獨裁，聽不進「逆耳忠言」，屬下雖唯命是從，無人敢提異議，但支撐其父親創業的幹部紛紛求去，取而代之的是他的玩伴，所謂「人牽毋行，鬼牽溜溜去」，終致誤蹈法網，一失足成千古恨！

誠然，金銀財寶、權位、美色，人人喜愛追逐，然知足才能常樂，倘若跳脫不了七情六慾的誘惑，惡向膽邊生，自認神不知、鬼不覺，其實，「人間私語，天聞若雷；暗室虧心，神目如電！」天地間還有一股看不見的力量在主宰，歹路毋通行，世界首富一夕之間淪為「獄中囚」，就是最好的明證！

二〇〇五年三月十六日

命裡無時莫強求

舞台上喜劇泰斗「七先生」走了，他把歡笑帶給別人，卻臨老入花叢遇到「桃花煞」，選擇把憂傷留給自己，而以悲劇落幕！連日來媒體追逐報導，為搶獨家營造賣點，不惜捕風捉影，各種觀落陰、托夢、附身的靈異穿鑿附會，令人看得霧煞煞，不但引起閱聽者反彈，也遭新聞局開罰。

其實，自古以來，炎黃子孫深信凡事之吉凶皆有先兆，因而講究「命、卜、相、醫、山」等五術；舉凡風水、住居、生辰八字、紫微斗數、姓名、面相等影響一生禍福。相沿至今，雖教育普及、民智大開，但世事難料，變化莫測，人生不如意事十常八九，尤其徘徊在感情、財運的十字路口，內心感到茫然之時，常會求神問卜，以預知吉凶方向，提早作防範、或尋求心靈慰藉，期能改運解厄、趨吉避凶。

事實上，人們相信命運，自古已然，於今不改！相傳明朝末年，崇禎皇面對流寇竄擾，終日寢食難安，獲悉紫禁城外有一測字高人，乃微服出訪，希望測得國勢安危，以稍解心頭懸憂之苦。當崇禎皇來到測字攤前，提筆寫了「友」字，但見測字先生面現憂色：「友，是『反』出頭也！」反賊出頭，大大的不利。

崇禎皇聽後心頭一楞，立即改寫另一個「有」字，連聲說：「是有；非友也！」沒想到測字先生驚惶失措，大嘆事情不妙：「有，是『大明』去一半！」斯時，崇禎皇嚇得面無血色，但猶不死心，又急急改口：「是酉，非友和有也！」豈料，測字先生臉色頓然大變：「酉，乃至『尊』捏首去尾！」果然，沒多久李自成攻進紫禁城，崇禎皇倉皇出南宮門，在媒山自縊身亡。

金門民間普遍信神拜佛，相信「財、子、壽，不可求！」認為每個人一生之中擁有的財富、兒女和壽命都有一定的數額，「人莫心高，自有生成造化；事由天定，何須苦用心機。」亦即一個人的造化，端看平日的種因緣、修福報，才能逢凶化吉；絕非單憑「五術」即能改造因果，所謂的「萬般皆是命，半點不由人！」畢竟，「命裡有時終須有，命裡無時莫強求」，貪婪過分的強求，是福！是禍？確是未定之天！

二〇〇五年五月十四日

有理行遍天下

話說大清帝國雍正皇駕崩，由四子愛新覺羅弘曆繼承皇位，建年號為乾隆，成為清朝第六位皇帝。乾隆皇上曉天文、下知地理，諸子百家，無所不讀，兵書戰策，博曉精通，十八般武藝樣樣皆能；曾十次對外出兵，均奏捷而回，天下太平，八方進貢，萬國來朝，為中華民族奠定當前的版圖；在位六十年，曾為「眺覽山川之佳秀，民物之豐美」六次下江南，順道訪察民情，端正吏治，明載史頁！

相傳有一天，乾隆皇微服出訪，路過一片高粱田，但見高粱開花抽穗，迎風招展，煞是討人喜歡，因而一時心喜，順手折下一支，正當仔細觀賞之際，一位老農跑了過來咆哮大罵：「這高粱正開花結穗，折下多可惜呀！你知不知道農民耕耘除草有多辛苦？」乾隆皇被老農數落得無言以對，連忙哈腰道歉。

返回京城之後，某日早朝，乾隆皇為文武大臣出了一道考題，問世界上什麼東西最重，言明答對者有賞，一時金鑾殿下百官爭鋒，有說是黃金、有說是鉛塊、有說是水銀，眾說紛紜，莫衷一是！斯時，乾隆皇揮手制止：「眾卿差矣！世界上最重的東西，是『理』！只要是對的道理，沒有人搬得動它！」

然後，乾隆皇把自己在高粱田折穗的遭遇，從頭再敘述一遍，強調雖身為一國之君，被一位「言之有理」的老農責罵，也只能認錯陪罪，因為，老農這個「理」字，連能指揮千軍萬馬的皇帝，也不能輕易撇動，是不是世界上最重的東西？

或許，這個故事很通俗，大家耳熟能詳，可惜「三歲小孩都知道，八十老翁做不到」，古往今來，官場中人的毛病，就是「官大學問大」，自以為是的觀念根深蒂固，尤其，地區曾實施「戰地政務」四十年，官僚氣息遺毒仍深，孰不知回歸民主憲政之後，長官與部屬已是伙伴關係，再卑微的員工，也有應被尊重的人格，長官不能再頤指氣使當眾吆喝，甚或動輒把卷宗摔落地上，命員工自行撿起，為所欲為。

所謂「有理走遍天下，無理寸步難行！」乾隆皇雄才大略，武功蓋世，自號「十全老人」，但面對有理的老農仍需折服，千古流芳，為後人所景仰！

二〇〇五年二月二十六日

掠龜走鱉

公路局國光號的巴士從「北二高」下龍潭交流道，靠站之後已是華燈初上，和孩子提著行李步出車站；守在出口處的計程車司機笑臉迎人，因為，要轉車到大姐家過夜，約莫還有三公里的路程，搭計程車是最便捷的選擇，於是，毫不考慮的順著招呼，迅速鑽進車廂後座。

這是北台灣的客家市鎮，車資雖未按里程跳錶計費，但多年來經常路過搭乘，略知價碼行情，說明目的地之後，司機即啟動引擎，當左轉迴車到對向車道時，「運將」大哥突然按下右側前座車窗，發出一陣狂笑，令我怦然心驚，父子面面相覷莫名所以，然而，我暗忖出身農家，孩子雖未成年，卻長得比我更魁梧，兩個壯漢就算遇到一個肖仔、或是誤上賊車，量他也不敢輕舉妄動，於是，我先開口：「請問運將大哥，剛剛什麼事那麼好笑？」

經我這麼一問，司機忍不住又呵呵笑個不停，久久才說：剛剛路旁那部計程車，本來排班在我前面，哥們倆足足在那兒聊天打屁一個多鐘頭，等不到半個旅客出車，他老兄一氣之下，左轉到對街找散客，想不到他剛走，你們就來搭車，我是在嘲笑他「掠龜走鱉」！

是的，「掠龜走鱉」一詞非常的通俗，且望文生義，淺顯易懂，主要的意思是人要知足，珍惜手中所擁有的，專精一致，千萬不要三心二意，否則，可能導致兩頭落空，錯失良機；與時尚流行的「不要為了天邊的彩霞，而踩壞眼前的玫瑰」，有異曲同工之妙！

或許，生活即是教育，與孩子搭一趟計程車，目睹司機的小際遇，體會人生的旅途，機運確實很重要，所謂的「運去黃金失色，運來鐵也增光」，而且，人的一生，有時堅守理想與目標，可能有更大收穫；因為，投機取巧鑽營，並不一定就能左右逢源，反而可能會「扁擔雙頭脫」，導致兩頭落空！

古有明訓：「人虧天不虧，世道在輪迴；不信抬頭看，蒼天饒過誰？」一個人有沒有福報，冥冥之中有一股力量在主宰，只要心存善念、走正路，即使遭人欺凌虧待，老天也會補償；反之，壞事做多了，雖自認神不知、鬼不覺，但頭上的光明燈熄滅，立即惡運連連，將後悔莫及！

二〇〇五年五月十五日

熱忱與冷水

以前，美國有一位媽媽在廚房燒飯，聽到孩子在客廳裡不停地跳躍，地板發出咚咚聲響，於是，關心地問：「貝比，你在幹什麼？」小孩聞訊回答：「媽咪，我在練習跳躍，希望能跳到月球上去！」

上述情節，假如發生在華人家庭，也許，媽媽將立即放下手中的鍋碗瓢盆，跑到跟前喝斥孩子不得再跳躍，更可能告誡孩子不能胡說八道，因為，傳說只有「嫦娥奔月」，她偷吃了長生不老藥，頓時身體輕飄飄升上天際，直接奔往月亮，但獨自一人在「廣寒宮」裡，過著寂寞清苦的生活，李商隱曾作詩感嘆：「嫦娥應悔偷靈藥，碧海青天夜夜心。」

的確，幾千年來，古老的中國還存在著諸多月亮神秘的傳說，諸如小孩子晚上用手指彎月，睡覺時會被月亮婆婆割傷耳朵，得趕緊雙手合十默唸著：「月亮孃，汝是兄，阮是弟，毋通拿金刀，割阮乀金狗耳！」耳朵傷痕才會慢慢地痊癒。

然而，當年那位美國媽媽只說：「貝比，跳上月球之後，要記得回家噢！」果然，孩子長大後，真的跳上月球，他就是一九六九年從「阿波羅十一號」太空船，踏上月球的阿姆斯壯，成功地向全世界的人說：「我的一小步，是人類的一大步！」

當然，阿姆斯壯成功登陸月球的因素很多，但當初他在客廳裡跳躍，萌生跳上月球的夢想，沒有被媽媽「潑冷水」澆熄，產生追尋的「熱忱」，才能逐夢踏實！

事實上，「熱忱」就是一種力量，舉凡對人的熱情、對事的熱情、對工作的熱情、對學習的熱情，還有對生命的熱情，皆能激發潛能形成動力；而「熱忱」，最怕被「潑冷水」和「扯後腿」，因為，當一個人有傻勁不計個人得失，但若「做到流汗，卻被嫌到流涎！」即使不頹志喪氣，也可能心灰意冷；公營單位績效不彰，欠缺的正是工作「熱忱」！

所謂「氣可鼓，而不可洩！」中西文化差異大，洋人重獎賞，能激勵奮發向上；而華夏子民受封建帝制束縛，幾千年來在威權浸淫下，陶鑄阿諛乖順、逢迎拍馬的陋習，錯失挑戰極限、超越顛峰的機會，阿姆斯壯幼年立志跳上月球的故事，值得中華兒女借鑑！

二〇〇五年四月二十一日

仙人打鼓有時錯

相傳「八仙」之一的李鐵拐，本是相貌堂堂的美男子，悟道成仙之後，有一天神魂出遊，弟子錯將魂不附體的身軀燒了，靈魂被迫附在一個瘸腿的乞丐屍體上，才變成衣衫襤褸、鐵拐隨身的瘸子神仙。

所謂「千金難買早知道，萬般無奈想不到！」一般的凡人，無法跳出三界外，對未來的事情，不能預先知道，常常等到事過境遷發覺錯了，才感到後悔與惋惜！

其實，「人非聖賢，孰能無過；知過能改，善莫大焉！」話說清朝康熙皇帝，有一天微服出巡，摘掉金龍冠，脫去黃龍袍，只穿一般長袍馬褂，扮作地方仕紳漫步街坊，在一家小鋪前看見圍聚著人群，正在懸掛「開張大吉」的布幔；康熙皇趨步向前，見那四個字柳體為骨、顏墨為肌，氣勢不凡，不由得打從心底喜歡，但繼之一看，下方落款竟為「字王」，暗罵王羲之也不敢如此狂妄，於是，逕行走進餐館，叫了酒菜，試著探詢「開張大吉」是誰寫的，掌櫃的喜孜孜地說：「兒子謙虛好學，才練就一手好字！」

康熙皇心中存疑，乃索取筆、墨、和布幔，當眾揮毫「生意興隆」四字，落款為「地王」。掌櫃的立即叫伙計懸掛出去，和「開張大吉」對稱並排店前，圍觀的眾人齊聲喝采：

「好字！好字！真是神筆。」

掌櫃的兒子見狀，羞赧地走到康熙皇跟前：「客倌！俺家姓『王』，幾代人不曾讀書，爹娘要俺識字，所以把俺取名為『字』，祈望不嫌棄，教俺寫字！」斯時，康熙皇才發覺，是自己看錯了，誤把「王字」看成「字王」！因此，立即為自己一時的疏忽聊表歉意，也收他為徒，除指導書法要領，並囑咐好好讀書，準備進京考試。果然，兩年後「王字」在殿試金榜題名，接受康熙皇封官賜爵，袍笏加身躋進士林，最後更晉為翰林院學士。

俗語有云：「仙人打鼓有時錯，腳步踏差啥人無？」李鐵拐將錯就錯，借屍還魂，才落得成為鐵拐隨身的瘸子神仙。而康熙皇貴為一國之君，卻有認錯的勇氣，進而在街坊中發掘人才，蔚為國用，流芳千古！

二〇〇五年四月三日

不恥下問

孔老夫子在論語公治長篇裡說過：「敏而好學，不恥下問！」大意是一個人聰明好學，能謙虛為懷，即使向地位、或學問不如自己的人請教，也不會感到羞恥。

過去，教育不普及，大部份的人沒有機會讀書識字，只有少數能上私塾讀三字經、百家姓、千字文、與朱子治家格言等啟蒙經典；更只有極少數能進一步讀論語、孟子、大學、中庸等儒家書籍，以赴殿試科考求取功名。因為，大家讀的都是同一套修身、齊家、治國、平天下的道理，所以，長輩向晚輩請教學習的機會不多，何況，長幼有序，誰甘於放下身段？

然而，當前教育普及，網路資訊發達，知識的領域非常廣泛，確實到了「三人行必有我師焉」的境地。以電腦來說，目前的三、四年級生，當年在學校就讀時，電腦尚未發明，而今老眼昏花，記憶力衰退，想學電腦確是一件不容易的事，即使有興趣學，若不能持之以恆，或身邊隨時有人指導，很可能早上學會了一招半式，下午就忘光了。

回想當年，報社因應趨勢推行電腦化，起初只有少部份員工，能到電腦公司上課，而我被排在名單之外，曾慨嘆這輩子恐要當電腦文盲了。豈料，家中的二個犬兒，對電腦特別感興趣，自小四和小六起，即分別迷上電腦，經常買回許多磚頭似的電腦專書研讀摸索，除了學會架設網頁，也懂得「語言程式」，甚至，還代表學校赴台參加「全國高中生資訊競賽」、與「奧林比亞程式競賽」名列前茅，因此，孩子是我的電腦啟蒙老師，他們教我開機、上網，幫我架設網頁，並隨時提供軟、硬體問題諮詢。

由於不時的向孩子學習，在公務界雖屬「ＬＫＫ一族」，如今，除能用電腦打字寫稿和做簡報，也能用電腦做很多工作，否則，這年頭如果連電腦也不會開機，那是「夏蟲語冰」，會鬧笑話的！

所謂「金無足赤，人無完人！」一個人不可能什麼都懂，也不可能樣樣比別人行，就算是專家、博士，也只在某個領域「術業有專攻」，其餘的，可能只略懂皮毛，因此，「君子之學必好問，學與問相輔而行」，敢於「不恥下問」虛心學習，取別人之長，補自己之短，才是聰明的人。

二〇〇五年四月九日

以人為鏡

打開中華民族史頁，自黃帝鑄鼎戰勝蚩尤之後，歷經五千年的朝代興替，直迄國父 孫中山先生推翻滿清政府，建立中華民國；雖然，被推舉為臨時大總統，但只做了三個月即辭職，由舊勢力的袁世凱當上首任大總統，可是，袁氏權令智昏，又廢總統當「皇帝」，引起革命黨人發動「護國戰爭」聲討，因而做了八十一天的「皇帝夢」，即憂憤而死！

史冊明載：從堯、舜帝算起，包括春秋、戰國時代之王、公、侯，以及後來稱王的李自成、張獻忠、太平天國洪秀全父子、和袁世凱等等，五千年來共有八百二十九位帝王。而這些皇帝之中，只有堯、舜帝是由「傳賢不傳子」禪讓即位，其餘的，皆在世襲制度下黃袍加身，因而十歲以下的娃娃皇帝有二十九位，甚至，多位皇帝登基時還在吃奶，更有出生不滿一百天的太子，也坐上金鑾殿；幸好，如清康熙帝七歲登基，好學敏求，勤於政事，展現雄才大略，且文治武功，安內攘外，鞏固疆域，直至六十八歲駕崩，總計在位六十一年，開創中華民族歷史上最興盛的時代。

雖然，皇帝都自命是「天子」，臣民皆要下跪齊呼「萬歲！萬歲！萬萬歲！」尤其，許多皇帝都很怕死，為了長生不老求仙問道、服食煉丹，但真正能長壽的帝王不多，反而是短命者比比皆是，如秦始皇為了延年益壽，永續千秋霸業，先後四次東巡，其中三次主要目的，即為尋覓仙丹，隨後又特派方士徐福帶領五百童男、童女，遠渡重洋到日本，祈求長生不老藥，可惜，卻在五十歲那年第五次東巡途中猝逝。

因此，據統計，歷代皇帝平均壽命只有三十七歲，能活超過八十歲的，僅僅只有五位，而在五十歲以下魂歸西天者，超過半數，甚而，有人登基半天即崩殂，可見，「萬歲」只是喊給皇帝聽爽的而已，並未能產生實質效應！

唐太宗有句名言：「以銅為鏡，可以正衣冠；以史為鏡，可以知興替；以人為鏡，可以明得失。」歷史是一面鏡子，讓人看到帝王雖權高位尊，最後仍終歸塵土；而能為後人懷念崇敬的不多，落得千古罵名者卻不少，值得迷戀權勢的人們引以為鑑！

二〇〇五年四月二十七日

臨財毋苟得

美國「時代」雜誌列出二〇〇六年世界十大醜聞，台灣「扁家」涉貪污指控名列第五，消息傳回國內，頓然又成為民眾爭相撻伐的焦點：「丟臉，丟到國際上！」

同日，電視與報刊也相繼報導：桃園火車站停車場一名胡姓管理員，拾獲一只黑色手提包，裡面有日幣、美金、支票，總計有新台幣二百多萬元，雖然，自己月薪不到三萬元，卻不為心動，久等不到失主之後，把手提包送交警方招領；而準備到中正機場搭機赴日的失主莊老先生，面對失而復得的手提包，與拾金不昧的停車場管理員，感動得老淚縱橫。

誠然，在同一天裡，有二則與錢財相關的新聞；其中，有權傾一時的達官顯要，其目前的身分地位、或將來退職，均能獲得國家俸養與最高禮遇，一家人將有享受不完的榮華富貴，只可惜，親人和親家卻還汲汲營營，為錢財涉及多起弊案，分別被起訴上法庭、或判刑，除曾引發反貪腐「倒扁」風潮，百萬人「紅衫軍」發動「天下圍攻」；如今，還被美國「時代」雜誌評為「世界十大醜聞」第五名，情何以堪？

相對的，所謂「十步之內有芳草！」一位平凡的市井小民，擔任停車場管理員，月薪所得僅夠一家人節衣縮食過日子，目前工作既沒有什麼保障，將來退休也沒有終身俸，卻能安貧樂道，面對並非勞力換來的錢財，懂得「臨財毋苟得」，不輕易取用、或佔為已有！

事實上，「臨財毋苟得」是炎黃子孫固有的美德，與「臨難毋苟免」一詞，語出於禮記曲禮上，全句的意思是，遇到財物不隨便取用，遇到危險也不輕易逃避；勉勵人們應清廉自持，行事合乎仁義。君不見，有一則大家耳熟能詳的寓言故事，話說有個投機取巧者，死後來到森羅殿前，閻王問曰：「讀聖賢書，不做好事，只會佔人便宜，判轉世當狗，可有話說？」豈料，生前投機取巧者，死後惡性難改，猶急忙辯稱：「若真要當狗，就當母狗吧！」閻王不解追問：「公狗與母狗有何差別？」但見對曰：「經書上有云：臨財母狗得，臨難母狗免！」

錢財，乃身外之物，所謂「生不帶來、死不帶去！」夠用就好，萬萬不可貪求，尤其是公務員，切記「臨財毋苟得」，才不會涉及貪瀆，後悔莫及！

二〇〇六年七月六日

富不過三代？

最近，國內又有一家跨足建設房產、金融產險、食品化纖的知名大財團，爆發重大財務危機，旗下兩家股票上市公司，突然向法院申請重整，股票停止交易三個月，所屬銀行雖已被「金管會」接管，但大門口仍出現徹夜排隊擠兌的人潮。

據了解，該集團曾憑恃豐厚的政商人脈馳騁商場，近年來交給子女經營之後，企業營運賺少賠多，以致債台高築，僅是其中兩家股票上市公司，負債就高達三百億元，為支付巨額利息，被壓得喘不過氣來，終於爆發財務危機，相關股價全面跌停躺平，難逃重整的命運。

從前，能出生權貴家庭，或嫁入豪門，將有享受不盡的榮華富貴，可比同儕少奮鬥二、三十年；可是，古往今來，卻也有許多「富不過三代」的實例。不久前，英國「泰晤士報」報導，根據「富比世」雜誌，針對近二十年來全球首富排行進行調查，在四百位名流之中，目前只有五分之一維持富豪地位。其中，有一半聲名顯赫的富豪，因子女「散盡家財」，已黯然被擠出富豪排行榜之外，典型的例子是希爾頓飯店集團的女繼承人芭莉絲•希爾頓，三十八億美元的遺產，在穿戴豪華服飾的巨額帳單中，快速消失殆盡。

其實，很多成功的企業家，是因童年貧窮，靠著辛勤與善用智慧，並省吃節用，涓滴匯聚建立起事業版圖；而第二代子女目睹創業維艱，接手經營權普遍尚能守成，可是，到了第三代，往往是含著金湯匙長大，出生之後即傭人服侍，自幼溺愛驕縱，成為養尊處優的紈絝子弟，不但喪失精打細算的能力，更常淪為揮霍無度的敗家子，一次的投資失利或豪賭，就足以讓祖先辛苦締造的企業土崩瓦解，江山一夕拱手易主，甚而債台高築，或涉及不法身繫囹圄！古往中外，「富不過三代」的實例，不勝枚舉！

韓非子有句名言：「侈而惰者貧，勤而儉者富！」同樣的，金門也有句俗語：「窮無窮種、富無富栽！」畢竟，諸葛亮生不出孔明子，風水會輪流轉，沒有天生的贏家，即使是靠父兄庇蔭，坐擁金山、銀山，也要有管理與經營的能力，否則，第一代辛苦締造的企業版圖，也會因一念之差兵敗如山倒，毀於一旦！

二〇〇六年七月十五日

知難行易

二十幾年前蓋好房子，在三樓屋頂安置一座不鏽鋼水塔，以供蓄水調節使用，這些年來，家庭用水順暢，相安無事！

不久前，連續多日清晨時分，水塔溢滿，自來水順著屋頂女兒牆的排水管，滴落到二樓的冷氣機鐵皮蓋上，發出叮叮咚咚的聲響，足以干擾自家與左鄰右舍的清夢。因此，委請水電師傅進行檢修，認定可能是水塔下方「逆水閥」老舊損壞、或有雜物卡住，失去應有功能，建議更換一個新的，即能解決水塔溢滿漏水問題。

所謂「隔行如隔山」、「術業有專攻！」這是一個分工合作的時代，任何人擁有再高的學歷、或每次考試第一名，也僅僅是在某一個領域領先而已，並非樣樣高人一等。尤其，本人有自知之明，既無高學歷、考試也很少拿一百分，所以，凡是自己不懂的，就請教專業、信任專業。因此，當下立即接受水電師傅的建議，把老舊的「逆水閥」換了。

只是，水塔溢滿漏水的情況，並沒有改善，反而更加的嚴重，連續多日清晨水壓較高時，自來水嘩啦嘩啦的溢滿外流。於是，再把水電師傅請回來，經仔細重新檢查，「逆水閥」並無裝錯方向；在百思不解的情況下，把「逆水閥」拆下，經詳細檢查，也並無問題，但為了徹底解決問題，決定又換上一個新的「逆水閥」，希望能發揮應有功效。

豈料，隔天清晨，水塔又嘩啦嘩啦的漏水，水電師傅不願再檢修，在電話中建議應將屋內給水和供水分開，從進水口拉一條管線直接上三樓水塔，讓屋內供水悉由水塔供應；唯一的缺點是，自來水水壓偏低時，水塔無法進水，必需加裝抽水馬達自動抽補。

當然，如果能解決漏水問題，也能更方便供水，即使多花些錢，也是值得的，問題是所有供水均需靠抽水馬達，既浪費電力，也會產生噪音。再說，為什麼以前靠一個「逆水閥」，即能二十幾年有效控制水塔，如今卻束手無策？

幸好，經熱心的朋友告知，裝置「逆水閥」務必成「水平」狀態，否則等於沒裝！果然，真的是當初更換「逆水閥」，為了抄捷徑，自水塔以「垂直」方式接往供水管線，失去應有的功能。待重新以「水平」方式改裝，水塔不再溢滿漏水，小小的一個改變，印證「知難行易」的道理！

二〇〇六年八月五日

莫當白字先生

最近常看電視的朋友，經常會從螢幕上看到「錯別字」，尤其是同音的錯字特別多，有些錯得很離譜，應該是打字員使用「注音輸入法」，所鬧出的笑話！

中華文化歷經五千年的演進，博大而精深，很多字造得非常傳神，只要「望文」便能「生義」，讓人一目了然，甚而發出會心的微笑。但由於同音字很多，如果使用不當，卻容易鬧笑話。

最近，電視上最常見的同音錯字，應是把行政院長蘇貞昌簡稱的「蘇揆」，誤寫成「蘇魁」了。因為，古時候稱宰相為首揆，相當於當下的內閣總理或行政院長；而「魁」字，則是領袖的意思，當前「扁」總統大權在握，行政院長只能唯命是從，如果把「魁」字用在「衝！衝！」的蘇貞昌身上，似乎是真的「衝」過頭，稱呼「蘇魁」，顯然並不恰當！難怪年前蘇內閣有意推動彈性的兩岸政策，准許八寸晶圓登陸，被解讀為「蘇修路線」！豈料，「扁」總統立即在元旦文告回應，強調沒有「蘇修路線」，媒體立即炒作為「修蘇路線」與「羞蘇路線」，可能就是稱呼「蘇魁」惹的禍！

提到「錯別字」，有一則故事大家耳熟能詳，話說清朝乾隆年間，「揚州八怪」之一的鄭板橋為官清廉，愛民如子，常暗訪體察民情，有一天微服走到一家私塾門外，聽到學童的朗讀聲：「臨財母狗得、臨難母狗免！」於是，特走進書房內，對教書的先生說：「您教錯了！是毋苟，不是母狗！」但見教書的先生很不高興：「我說是母苟得，便是母苟得！」鄭板橋看他知錯不改，認為不能再讓他誤人子弟，於是，從衣襟裡拿出「官印」，教書先生一見「鄭板橋印」，嚇得連聲求饒。

鄭板橋看他已認錯，便說：「好吧，我出一上聯，如果能對得出下聯，可繼續教下去，否則，回去好好唸書。」於是，提筆寫著：「曲禮篇中無母狗」，教書先生見狀搜盡枯腸，半天對不出下聯，便收拾行李回家。幾經苦讀，有一天，讀到「春秋三傳」時，始覺「臨財毋苟得」語出「禮記曲禮篇」，因而靈機一動，對出下聯：「穀粱傳外有公羊」，立即去求見知府大人，鄭板橋看他知所長進，又准許他繼續教書。

雖然，電腦鍵盤逐漸取代手寫，特別是年輕人常用符號、火星文替代，錯別字連篇也無所謂，如今，連電視大眾媒體的字幕，也常出現別字，令人嗟嘆！

二〇〇六年八月七日

讓他三尺又何妨？

不久前，電視節目介紹安徽桐城的「六尺巷」，報導清雍正皇帝任用的漢人宰相張廷玉，某日身在京城突接家書，寫著：「鄰人蓋房子，建圍牆時侵佔了我們家二尺地，要趕快回來處理。」

歷史上，古老的中國封建社會裡，宰相受命於天子，輔佐皇帝治理家邦，在文武百官之中，是「一人之下，萬人之上」，位高而權重！尤其，在君主威權時代，當官的一句話就是命令，「君要臣死，臣不得不死！」甚至，誰敢欺君罔上，可以滿門抄斬、株連九族；即使是一般的小官吏，也是威風凜凜，不可一世，動輒可以拖出去重打四十大板，更別說是皇帝身邊的宰相，誰敢冒犯？

然而，張廷玉看完家書，並沒有馬上怒髮衝冠，或拍桌大罵「大膽刁民！」相反地，立即提筆寫下：「千里家書只為牆，再讓三尺又何妨？萬里長城今猶在，不見當年秦始皇。」派人迅速送回安徽桐城。

家人接到回信，拿去見鄰人：「我們家老爺說，如果建圍牆二尺地不夠，願再多讓一尺！」鄰人聽後深感慚愧，也把牆退後三尺，並登門道歉。於是，原本兩家爭奪的二尺地，在彼此禮讓下，反而成了六尺寬的巷子，從此兩家和睦相處，「六尺巷」流芳千古！

其實，這個故事言簡意賅，婦孺皆知，大家常用來慰勉人們，凡事要相互禮讓、包容，「忍一時風平浪靜，退一步海闊天空。」可是，這個道理「三歲孩童都知道，八十老翁做不到！」常常為了一點小事，爭得面紅耳赤，反目成仇，甚而是大打出手、或對簿公堂，彼此互不相讓的結果，往往是兩敗俱傷！

事實上，人與人之間很多的紛爭，充其量常常只為了不服氣、或面子掛不住，所謂的「輸人毋輸陣，輸陣歹看面！」所以，待人接物，倘若能有更開闊的胸襟，並捨棄面子上的威嚴，在許多紛爭發生時，各退讓一步，彼此的不愉快消弭於無形，達到雙贏的境地！

古聖先賢有云：「上等人，利人利己；次等人，損人而不利已！」當時如果張宰相憑恃著懾人的官威，確實足以讓鄰人退避三舍，但「君子報仇，三年未晚！」一旦兩家結下樑子冤冤相報，有朝一日，適時倒打一耙，最後的輸贏還在未定之天！幸好，張宰相選擇以德服人，化解紛爭，讓「六尺巷」的故事流芳千古！

二〇〇六年八月九日

油麻菜籽

美國前總統柯林頓夫人希拉蕊宣布參選總統，由於四年前她出版「活出歷史」自傳，大曝白宮內幕，包括得知丈夫與見習生陸文斯基偷情，氣得號啕大哭，恨得想掐死柯林頓；因「小柯」的風流韻事，可能成為希拉蕊爭取美國首位女總統的絆腳石，因而在宣佈參選的記者會上，再次被媒體詢及還生不生「小柯」的氣，只見她仍咬牙切齒，無奈地表示：「願原諒他！」

希拉蕊的無奈，看在一些婦女鄉親的眼裡，可能感同身受，心有戚戚焉！因為，自「小三通」之後，部份男士常往廈門跑，棄家中妻小於不顧，雖然，許多在金門的「元配」，明知丈夫在大陸有「二奶」，但礙於兩岸文書互不認證，婚姻效力不被認定，且有犯罪「屬地」問題，即使是有辦法「抓姦在床」鬧進公安派出所，拿回的那紙證明，也不具法律效力！

事實上，婦女鄉親遇到類似的麻煩，也只能和希拉蕊一樣，恨得牙癢癢的！因為，「二奶」一定較年輕漂亮，且溫柔、體貼，只會嘮叨的糟糠妻，絕對無法相比擬，何況，「自古英雄難過美人關」，多少帝王將相，都常「只愛美人、不要江山」，拜倒在石榴裙下，更別說是凡夫俗子，豈能禁得起誘惑？

有一位深受其「苦」的婦女鄉親，知道公教退休的先生，在對岸也有「家室」，心裡是很氣恨，但也只能認命：「一丈之內，是夫；一丈之外看不到，只能馬馬虎虎！」畢竟，假如跟丈夫鬧離婚，正好成全「年輕的二奶」，將來享受「一半」的終身俸！所以，只得忍氣吞聲，等待「迷途知返，倦鳥歸巢」！

古諺有云：「女人，油麻菜仔命！」昔日封建社會裡，男婚女嫁，悉奉父母之命，憑媒妁之言，且男方可休妻納妾，女方則「嫁雞隨雞，嫁狗隨狗走，嫁乞丐揹笈荎走！」就像油麻菜仔，撒在哪裡，就認命在哪裡生長！且「有夫從夫，無夫從子」，得終身守節！

如今，號稱最民主、最重視兩性平權的美國，希拉蕊將參與總統，但面對會偷腥的丈夫，也只能忍氣吞聲，更別說是地區的婦女，在兩岸文書互不認證，犯罪屬地的障礙下，丈夫到大陸「抱二奶」，也只能道德勸說，親情感化而已！

二〇〇六年八月十一日

諧音的妙用

近幾年來，台灣政壇「藍天變綠地」，以「去中國化」為主流的教改團體掛帥，學生不再寫書法、升高中不考作文，只要強記片斷知識，懂得填寫答案卡，就能輕鬆上大學、或上研究所；尤其，許多學生迷失在電腦和網路世界，線上聊天或手機簡訊，充斥諧音、符號和錯別字，大家見怪不怪，學生國字筆劃漸漸生疏，既不會造句、也不會運用詞彙，動輒錯、別字連篇，國語文表達及閱讀能力，江河日下。

同樣的，大陸經「文化大革命」浩劫，在紅衛兵「破四舊——舊思想、舊文化、舊風俗、舊習慣」運動下，中華民族五千年固有文化被摧毀殆盡，並在國字「簡體化」之後，也是錯字、別字，諧音字充斥，連市街招牌，也不能倖免！

不久前，大陸為「搶救中文」，已明令禁止廣告使用「諧音字」，諸如「百衣百順」、「食全食美」等等故意使用諧音錯字的招牌，工商行政和市政管理部門予以強制拆除。

其實，兩個字讀音相同或相近，稱作「諧音」，古人創作詩詞、或吟對，甚至是暗示、隱諷，亦常使用諧音。諸如：唐宋八大家之一的蘇軾，號「東坡」，結交一個法號「佛印」的和尚朋友，兩人常在佛學和文學上切磋、調侃；有一次，二人泛舟論詩、飲酒取樂，船至江中，東坡突然望著河岸大笑不止，佛印莫名所以，覺得其中必有蹊蹺，順著岸邊望去，只見一隻狗正埋首啃骨頭，頓然徹悟：「狗啃河上（和尚）骨」，佛印心知東坡咒罵他，突然靈機一動，將手中扇子丟進江裡，然後也哈哈大笑，東坡仔細一瞧，那把扇自己題過詩，卻丟進江裡順水漂流，豈不是「水流東坡詩（屍）」嗎？又被和尚將了一軍！

再者，從前有一位宰相，有意把女兒許配給得意門生，但又不便直說，於是，邀請門生到府上品茶吟詩，宰相指壁上一幅畫曰：「因荷而得藕？」門生心領神會，立即回應：「有杏不需梅！」原來，宰相問的是「因何而得偶？」門生答的是：「有幸不需媒！」因為，荷、藕、杏、梅皆為植物，且問答之間對仗工整，又因「何、偶與幸、媒」諧音隱意，很快地促成一段良緣佳話！

二〇〇七年九月二十五日

蟻穴可潰堤

「鐵達尼號」相關遺物四百多件，日前在英國倫敦公開拍賣，其中，壓軸的「奪命鑰匙」競爭最為激烈，共有來自世界各國的人士參與競拍，第一次舉牌即喊出四萬五千英鎊，隨後競拍者緊跟加碼，經過多回合激烈競爭，最後，由來自中國大陸的沈姓企業家，以七．八萬英鎊，折合新台幣五百餘萬元的天價奪標，聲稱將把「奪命鑰匙」帶回南京展出，藉以提醒世人：「千里之堤，潰於蟻穴！」因為，一時的小疏失，可釀造大災難。

為什麼一把老舊的鑰匙，會值這麼多錢呢？原因是：一九一二年四月十日，四萬六千噸的世紀豪華郵輪「鐵達尼號」，準備首航駛往美國紐約；由於是世界上最大的超級郵輪首航，吸引二千餘富商巨賈熱情參與，因此，船公司老闆為求慎重，起航前臨時從另一艘船，調來經驗更豐富的「二副」。

當時，鎖住瞭望台唯一的一把鑰匙，被突遭撤換的「二副」留在口袋裡帶下船，直到「鐵達尼號」出港才發覺。因瞭望台被鎖住沒有望遠鏡，僅憑肉眼觀測，航行四天之後，不幸在芬蘭海域撞上浮動冰山沉沒，造成一千五百二十二人不幸葬身海底。

也許，很多人都看過「鐵達尼號」電影，目睹大船沉入海底前，乘客遭波瀾吞噬的驚悚畫面，然而，觀眾看到的，可能是一場經過刻意編導，賺人熱淚的愛情故事，而忽略了打造「鐵達尼號」的歷史背景，以及英國人傲慢自大與輕忽釀禍的原因。

事實上，十九世紀初葉，英國維多利亞時代興起工業革命，不僅民富國強，甚且向海外征戰，號稱「日不落國」，所打造的「鐵達尼號」，仿若一座金碧輝煌的海上浮宮，被譽為世上最巨大的郵輪，肩負英國皇室向海外作親善大使，展示人類空前浩大的工程，形同暗示即將征服全世界。

認真說，「鐵達尼號」一把舊鑰匙，在拍賣會上以天文數字成交，但那把鑰匙奪走一千五百二十二條人命，代價真的太高了，如今，「奪命鑰匙」拍賣被大陸企業家以天文價碼奪標，目的只希望藉以提醒世人：「千里之提，潰於蟻穴！」一時小小的疏失，可能帶來毀滅性的大災難，但願大家能記取教訓，引以為鑑！

二〇〇七年九月二十八日

犢仔不畏虎

有一位資深的作家曾說過：「小時候撿到一段粉筆，敢在牆上寫字；長大後再給一支粉筆，卻不敢在牆上寫字！」

話說唸高中時，臨座有一位同學經常投稿，受他的激勵鼓舞，因而也迷上寫作塗鴉，雖然，歷經無數次退稿，飽嚐挫折，但也曾有一些文稿獲老編青睞化作鉛字，儘管寫作之路獨行苦悶，稿費低微還要課稅，況且，這年頭煮字已經不能療饑，但是，三十年來卻依然樂此不疲。

記得當時，我只是一個中學生，肚子裡實在沒有什麼墨水，卻敢於不知天高地厚，拿起筆來就寫，貼上郵票就往報社投寄，只要能刊出，那怕是被老編大筆一揮，整篇文稿剩一小段塞版面，也心滿意足地高興大半天！說得更明白一點，只要文稿被主編採用見報，就有稿費可領，雖是區區十幾二十塊錢，可以請同學吃燒餅或冰棒，那叫「名利雙收」，真不知羨煞多少同儕？

當然，長久以來，「浯江副刊」一直鼓勵新人投稿，只要文句寫得通順，不要太離譜，都儘量會給予刊出的機會，因此，幾經淬煉之後，所投的稿件命中率十之八九，膽子也就跟著大起來，開始向台灣報刊、雜誌投寄，也常有刊出的機會，甚至，獲「中央副刊」刊出的一篇文稿，稿費竟比一個月的薪水還多，然而，那種喜悅，卻是金錢所不能衡量的！

想當年，國內每一個可供投稿的刊物，都是筆陣如林，文稿能獲老編青睞刊出的機會，普遍是百中選一。記得民國六十五年奉派赴台受訓，師傅曾是老總統的貼身侍衛，退役後在中央日報任職，據說由孫如陵主編的「中央副刊」，每天從海內外湧進的稿件，至少超過二百五十件，分給五個助理編輯初審，每人選出五篇，共二十五篇交給編輯評出五篇打字，再交給主編孫如陵作最後定奪發稿。換言之，每天的投稿者，不乏海內外的專家、學者，所以，一篇投稿要上主編桌上，需經層層審核，困難重重，更別說刊出見報了。

所謂「初生之犢不畏虎！」回首寫作投稿三十餘年，當初正像不知天高地厚的小孩，撿到一支粉筆就在牆上亂劃，而今，反而拿起筆，思索再三，不敢輕易下筆！

二〇〇六年六月二十五日

官大理更大

ＴＶＢＳ頻道「全民開講」政論性節目，自去年夏天推出「全民作伙，找回是非公義」議題之後，幾位名嘴「反貪污、為台灣找希望」聲嘶力竭吶喊，人民要生活的呼聲，像野火般在全台燃燒，集集勁爆扣人心弦，雖曾面臨「斷喉、閉嘴」，但收視率反而節節高升，卻愈演愈烈，欲罷不能！

說得更明白一點，在自由民主的國度裡，憲法保障人民有言論的自由，可以大聲說出自己的心裡話，甚至，可以公開透過電視媒體「批政府、罵高官」，全民當陪審團，一起揭發高官的「貪腐」弊端。因為，高官的威權很大，但是，人民追求「公理、正義」的力量更大。

過去，古老的中國封建威權社會，皇帝是天子，一開金口就是「聖旨」，萬民臣服，跪地齊聲接旨喊「萬歲、萬歲、萬萬歲！」只要臣民敢抗命，輕則讓人頭落地，重則滿門抄斬、株連九族。而一般當官的，也是威風凜凜不可一世，而且，都自認「官大學問大」，視民如草芥！

其實，古往今來，當官的要通達人情事理，不可一味「鴨霸」橫行，才能獲得人民的愛戴，萬古流芳。諸如清朝乾隆皇上曉天文，下知地理，諸子百家，無所不讀，兵書戰策，博曉精通，十八般武藝樣樣皆能，在位六十年曾六下江南，順道訪察民情。有一次，微服出巡來到一戶人家門前，見門外貼著：「打遍天下吃肉；唯有皇上當家」的對聯，橫批是：「萬民供養」，心中頗為不悅，隨從立即進屋把主人拉出來，由乾隆皇親自問話。

原來，屋內住了三個光棍兄弟，被拉出門外，乾隆皇問道：「大膽奴才，為何以皇家自居，該當何罪？」三兄弟嚇得跪地求饒，老大說：「小的靠打獵維生，所以，打遍天下吃肉！」老二接著說：「小的以賭度日，終日在排九桌上求九點，而九點乃皇上的俗稱，所以，唯有皇上當家！」最後，下肢殘障的老三表示：「小的無法自食其力，挨家挨戶乞食，接受萬民供養！」

乾隆皇聽畢，又見他們衣衫襤褸，憐憫之心油然而生，不但未再斥責，反而賜給幾錠銀兩，囑咐他們好好做人、努力工作，「官大理更大」的故事流芳千古！

二〇〇六年六月二十七日

難忘中古單車

小學畢業那年，已是「八二三炮戰」後的第八年，金門到處仍是斷垣殘壁，學童十之八九仍光著腳丫，能買得起腳踏車騎去城裡唸初中的不多。因此，長得比步槍高的同學，爭相報考在金門成立的「陸軍第三士校」，到軍中當兵吃白米飯；而我，身材又瘦又小，只得留在家裡喝地瓜粥。

雖然，我曾參加初中甄試上榜。可是，戰地金門全民皆兵，父親是當然的民防隊員，在一次碼頭出運補岸勤，遭對岸砲彈破片擊傷長期臥床；母親體弱多病，而且，還有一群嗷嗷待哺的弟妹，一家溫飽都成問題，哪裡有閒錢買腳踏車和唸初中。

村子裡同班同學阿狗，同樣被拒在士校門外，可是，他到鎮上腳踏車店當學徒，雖常滿身烏七八黑，但偶而看他騎著腳踏車回家，真是神氣極了。阿狗答應我，車店若缺學徒，願向老闆推荐。

因此，我天天等待去車店當學徒的好消息。有一天，獨自坐在門庭前的海堤，面對著大海和故國河山遐想，一群海鷗在退潮的海灘翺翔爭食，我好奇地走近瞧瞧，不經意間，瞥見泥中蚌殼迅速關閉吸水口，順手一摸，竟是一顆血蚶，於是，沿著水邊繼續尋找，約莫半小時光景，拾得滿滿一空罐血蚶。

隔天清早，我走三公里的路到鎮上的市場販賣，一家餐廳的老闆以十五元買下，還囑咐以後再撿拾血蚶，可直接拿去店裡賣他。據說，血蚶肉質鮮美、營養滋補，是一道很名貴的佳餚，專供到金門參訪的高級長官、賓客食用。

此後，每天我守在岸邊，等海水退潮撿拾血蚶。果然，一個暑假下來，總共賣得三百多元，買了一部中古腳踏車，開學的時候，我騎著一路喀喀作響的愛車去城裡唸初中，實現心中的夢想！

時光飛逝，一眨眼的工夫，三十幾個寒暑過去了。這段日子裡，我順利升學、就業，曾買過新的機車，也換過二部新汽車，但無論如何，那部靠撿拾血蚶換來的中古腳踏車，那鏽蝕斑斑的影像，一直烙在腦海深處，至今永難忘懷！

二〇〇六年六月二十八日

身教重於言教

現代人重視教育，希望培養術德兼修、身心健康的下一代；而教育分為家庭、學校和社會教育三部份；其中，家庭教育是基礎根源，唯有父母做好身教、言教和境教，讓孩子擁有優良的身心發育環境，才能促使全人智慧萌芽。

一般而言，境教，就是以良好的家庭環境，讓寶寶在充滿愛的氛圍下成長，因此，自古以來，人們就很重視胎教，諸如古書籍曾記載：「目不視惡色，耳不聽淫聲，口不出亂言，不食邪味，常行忠孝友愛、茲良之事，則生子聰明，才智德賢過人也。」同樣地，當前醫界也研究證實，在懷孕的二百八十天裡，施以音樂、語言、撫摩、飲食、優境等胎教，對胎兒的發育有相當的影響力，有助生下健康可愛、聰明伶俐的寶寶。

西洋有句諺語：「推搖籃的人主宰世界！」因為，一個人的健康和個性，在母胎和幼年時期即塑成，所謂「孩子是家長的影子！」儘管這種論調，並非百分之百的正確，但至少已說對了一大半，雖不中，亦不遠矣！

事實上，家中長輩的言行，是孩子學習模仿的榜樣，因為，如果父兄是老菸槍，孩子易於跟著學會吞雲吐霧；如果父母「每日醉茫茫，無魂有體親像稻草人」，孩子大概也會跟著哈二杯；如果家中日夜雀戰，孩子也很快學會摸八圈；如果父母常常口出穢言，不懂得孝敬父母，所謂「大狗爬牆、小狗看樣」，想要叫孩子出污泥而不染，出現「歹竹出好筍」的機率恐怕很低，所以，父母的一言一行，都要小心謹慎！

從前，有一個不孝子，眼見父親年邁體衰，長期臥病在床，只剩一氣游絲，於是，呼喚自己的兒子用繩索把他綁在一塊木板上，一起合力拖到山坳丟棄，正當轉身回家之時，卻見兒子忙著解開他阿公身上的繩索，覺得很奇怪問道：「你解開繩索幹什麼？」但見兒子笑瞇瞇地說：「這條草繩搓得很結實，只用一次太可惜，帶回去等你年老時，我省得再搓草索！」

當然，「草索拖阿公、草索拖阿爸」，可能只是一則勸人及時盡孝的寓言故事，但卻為身教重於言教，作出最佳的詮釋，不是嗎？

二〇〇七年九月三十日

理直氣就壯

清乾隆年間殿試金榜進士紀曉嵐，聰穎多謀、才華出眾，特別是擅長妙對，曾誇口「天下未有不可對之對」，素有「風流才子」與「幽默大師」之稱，著有「閱微草堂筆記」、「紀文達公遺集」等傳世，被譽為「清代第一才子」。

無獨有偶，明萬曆年間，金門鄉賢許獬，在殿試中舉，初授官翰林編修承事郎，後陞授翰林院編修文林郎；著有「許鍾斗文集」、「叢青軒集」等文集。科考過程文章成就、與平時妙言對句廣為流傳、家戶喻曉，因而有「文章許鍾斗、品德黃逸叟」的推崇鄉諺，被譽為「金門第一才子」。

根據金門史籍記載：許獬，號鍾斗，自幼天資聰穎機敏，調皮詼諧，自勵「取天下第一名位、不若幹天下第一等事業；幹天下第一等事業、不若做天下第一等人品」。傳奇故事多不勝數，茲舉例其一：

話說有一年城隍爺生日，許獬的娘身體不適，吩咐他先到街上買五尺布，再買些供品到城隍廟拜拜；許獬照著娘的吩咐來到城隍廟前，抬眼望見臨街學堂前有尊孔子塑像，心想自己算是讀書人，見孔子公豈能不拜？但供品只有一份，於是，決定用布先蒙住城隍爺的眼睛，先用供品祭拜孔子之後，再祭拜城隍爺。

正當許獬虔誠跪拜孔子之時，恰巧縣官也來城隍廟，一見城隍爺被蒙住雙眼，大聲喝斥：「哪個刁民，竟敢戲弄神靈！」許獬連忙上前解釋：「實因一份供品，難酬二神之恩，請縣太爺海涵。」縣官猜想眼前的孩童是許獬，久聞其名，想試試其功力：「我出個對子，如你能對出下聯，就原諒你。」縣官：「白布蒙城隍，欺神敬孔子。」許獬聽後，立即對出：「陽傘遮日頭，瞞天剝百姓。」縣官聽了，氣得差點昏倒，但許獬畢竟是個孩童，且對仗工整，無可挑剔。

不久，縣官大隊人馬出巡，百姓紛紛避讓，許獬卻故意從儀仗中穿過，並拍手嬉笑，遭衙役追捕逮住，縣官從轎中探頭，一眼認出又是人小鬼大的許獬，舊羞新惱一起湧上心頭：「今天再出個對子，如果輸了就把你關起來。」縣官搖頭晃腦吟道：「虎下平陽，豬逃狗走羊起耳。」許獬聽出以豬、狗鄙視百姓，即刻以牙還牙：「龍過大海，魚竄蝦跳龜伸頭。」縣官雖氣得幾欲吐血，卻無話可說，只好再次放人。

二〇〇七年十月二十八日

重讀西遊記

話說唐三藏赴西天取經，途經三十六國，歷經八十一次妖魔鬼怪的挑戰，幸有孫悟空、豬八戒和沙悟淨等徒弟伴隨，一路爬山涉水、降妖除魔，前後歷經十九年，終於帶回來六百多部佛經；幾百年來，故事情節被編成戲曲，拍成電影、電視劇，畫成連環漫畫和圖畫書，在華人世界可謂童叟皆知，家戶喻曉！

依據推論，流傳民間極廣的古典章回小說「西遊記」，是明朝中葉吳承恩筆下的奇幻寓言故事，藉由生花妙筆改寫「大唐三藏取經詩話」，把唐代高僧玄奘到西印度取經的過程，穿插神化後精明頑皮的美猴王、笨拙憨直的豬八戒，以及忠心耿耿的沙悟淨，周旋在妖魔鬼怪之間；每次唐僧歷經劫難步步驚魂，均靠法術高強的孫悟空，逐一降妖伏魔化險為夷，情節扣人心弦，達到引人入勝的境界！

事實上，「西遊記」全書的靈魂人物，並非滿懷取經理想的唐僧，而是齊天大聖——孫悟空。據傳說，如來佛祖的一滴血，滴落在花果山的石頭上，經吸收日月精華，而孕育蹦出一隻猴子，與水簾洞的猴群生活在一起，經拜菩提老祖為師，學得七十二變、與翻筋斗的法術，雖被封為天庭的「弼馬溫」，但代管蟠桃園，把千年一熟的仙果吃個精光；也為向龍王索取如意金箍棒，大鬧龍宮與地府，並私自竄改生死簿；自恃神通廣大能七十二變，可翻江倒海、伏虎降龍，且一個筋斗可翻過十萬八千里，然終究逃不出如來佛的掌心，被收伏懲罰壓在五指山的一塊石頭下，經過五百年之後，才被路過的唐僧救出收為徒弟，伴隨西天取經！

記得孩提時，囫圇吞棗讀「西遊記」，只能領略孫悟空擁有七十二變神通廣大，且有伸縮自如的金箍棒，也有辨識妖魔的火眼金睛，一路伴隨唐僧取經降妖伏魔，成為正義的化身，也成為崇拜的偶像。這些年來，曾面對不公不義，而慨嘆手中沒有「如意金箍棒」，因而曾寫過一篇「假如我是孫悟空」，如今，年過半百，重讀「西遊記」，再次感受孫悟空的神通廣大，較諸國外的米老鼠、唐老鴨、和多啦A夢，實有過之而無不及，足以帶咱們的孩子到「神話世界」去歷險！

二〇〇六年八月十五日

「官」好人生是彩色

有一則台語的賣藥廣告詞：「肝那好，人生是彩色的；肝那壞，人生是黑白的！」因為，國人十大死亡原因排行榜，其中的慢性肝病及肝硬化，多年來一直名列前茅，且為四、五十歲中年人主要的奪命殺手，尤其，肝臟組織沒有痛覺神經，感染B肝或C肝病毒者，最易轉化成肝硬化或肝癌，患者不知不覺，等到身體發現異狀就醫，往往都已病入膏肓，屆臨末期為時已晚！

正因許多中年人，是家庭的經濟支柱，上有父母、下有妻兒，倘若罹患肝硬化或肝癌，均屬難以根治的絕症，形同是死亡宣判，所以，人人聞肝病色變！因此，愛肝、保肝成了藥商宣傳的賣點，畢竟，肝保養得好，人生是彩色的；反之，人生是黑白的！

也許，賣藥的廣告喊得震天價響，「肝那好，人生是彩色的」，大家耳熟能詳，朗朗上口，由於「肝」和「官」閩南語同音，所以，引伸為「官」那好，人生是彩色的，終究「一樣米飼百樣人」，有好人、也有壞人；而當官的，同樣是有好官、也有壞官。如果部屬遇到好長官，能廉潔自持、愛民如己，也能愛部屬如己，那麼，所謂「家和萬事興」，單位裡上下團結向心，工作順利推展，大家相處愉快，人生必定是彩色的！

相對地，若是不幸遇到貪財、好色的壞長官，特別是好色之徒，常常是瞞著家裡的妻小搞婚外情，由於公務機關薪水普遍直接匯入帳戶，想要「走私」並不容易，因而為了滿足個人的慾望、與「外婆」的需索，無不惡向膽邊生，唆使員工幫忙搞錢，能配合者「順我者昌」，即便平日大混小混，也是一帆風順，記功嘉獎一大堆，外加年終考績當然甲等；若是不識好歹拒絕配合，那怕是苦幹實幹，也將遭羅織各種「莫須有」的罪名懲處，時時處在撤職查辦的恐懼，面對這種「惡官」，人生必定是黑白的！

日前，赴南投中興新村「國家文官培訓所」參與地方幹部研習，講課教授即引述這則賣藥的廣告詞，改為「官」那好，人生是才彩色的；期勉大家都是「好官」，為單位與個人營造彩色的人生，但還不忘叮嚀：千萬不要「好官自我為之，笑罵由人」才好！

二〇〇七年九月十日

最怕只剩一張嘴

有一則賣藥的廣告：「四十歲的男人，千萬不能只剩一張嘴！」三不五時就出現在電視畫面上，讓許多男人看在眼裡，痛在心坎裡；因為，古往今來，絕大多數的男人，天不怕、地不怕，就怕「寡人有疾」，性能力不行了，彷彿全身只剩一張嘴，說得到，做不到！

也許，大家如果還不健忘的話，多年前有一個搞笑的綜藝節目，一貫留著落腮鬍的主持人，每次上節目第一句話，即問現場的來賓與觀眾：「幸福嗎？」然後，大家異口同聲回答：「很美滿！」形成「笑星撞地球」經典的互動台詞，風靡大街小巷，甚至，隨著帶狀節目在大陸電視台播映，在許多大城市，如果在街上隨便抓一個人來問問：「幸福嗎？」獲得的回答一定是：「很美滿！」因為，所謂的「幸福」，指的就是「性福」！

事實上，處在當下的社會裡，無論是「幸福」、或「性福」，身為堂堂七尺男子漢，都不能只剩一張嘴。君不見，近年來，國內統獨爭戰日熾，產業大量外移，外資裹足不前，年輕人畢業即失業，不敢結婚，也不敢生孩子，何來「性福」？特別是中、高齡失業人口驟增，燒炭、跳樓自殺事件層出不窮，民生痛苦指數居高不下，何來「幸福」？

而且，「屋漏偏逢連夜雨」，國際油價迭創新高，帶動食、衣、住、行民生物價飛漲，汽油、麵包、豬肉、食米、衛生紙等等民生用品無所不漲，對生產廠商而言，賠錢生意沒人做，為了反映成本不能不漲；相對地，面對什麼都漲，只有薪水不漲的市井小民，每一次的「漲聲響起」，無不抽痛生活神經、壓縮荷包。

然而，民生的痛苦，執政當局視而不見，不但沒有想辦法拚經濟，竟花費巨資全力推動「入聯公投」，殊不知，即使二千三百萬台灣地區同胞，以及世界各國也超過九成支持「入聯」，但只要「中共」行使安理會「否決權」，一切都將歸零，這樣費盡口舌鼓吹「入聯」，真的是「無彩工」，難怪有人譏諷這樣的執政團隊，充其量像「寡人有疾」的男人，說得到、做不到，只剩一張嘴！

二〇〇七年十月三十一日

誠懇待人

近年來，公務機關重視民意，推動禮貌運動，舉凡接到民眾的電話、或信函，都要客客氣氣、認認真真去應對，如果稍有不慎，可能會被一狀告到上級主管機關；因為，人民依法納稅是頭家，公務員的薪水是「爾俸爾祿、民脂民膏」，已不再是「衙門八字開、無錢不要來」的官吏，而是人民的公僕！

其實，人類文明之後，無論是民間企業或政府部門，均以服務為導向，講究「以客為尊」，致力提升服務品質，以爭取客戶滿意，建立良好形象品牌，提升競爭力！

一般而言，人與人之間的互動，待客之道在於誠，如果缺乏誠意，只是虛與蛇委，假面具很快就會穿幫，遲早會遭到唾棄。在歷史上，就曾有這麼一則故事：話說南宋大儒蘇東坡，有一天微服出訪一座寺廟，方丈看來客是尋常百姓，未多加理會，只由小沙彌出面招呼：「坐！茶！」

蘇東坡進寺廟之後，看到方丈待客傲慢，想戲弄一下以貌取人的老方丈，於是，吩咐一旁的小沙彌拿來添緣簿，並提筆寫下：「香油錢一百兩」。老方丈見錢心喜，招呼：「請坐！」又吩咐小沙彌：「上茶！」隨後，蘇東坡又在添緣簿落款：「東坡居士蘇軾」。此時，老方丈大驚失色，急忙鞠躬施禮；臉上堆滿笑容：「請上坐！」並吩咐小沙彌：「上好茶！」

因為，蘇東坡，與父親蘇洵、弟弟蘇轍，一門三傑同列「唐宋八大家」，二十二歲在殿試高中進士，當時，以一篇「刑賞忠厚論」，震驚了主考官歐陽修，不得不慨嘆：「吾當避此人出一頭地。」可見其文學造詣功力之一斑！正因蘇東坡詩詞、書畫冠絕天下，千金難求，於是，老方丈希望藉千載難逢的良機，開口懇請為廟裡題字，蘇東坡也從善如流，爽朗應允，信筆在紙上寫下對聯：「坐，請坐，請上坐；茶，上茶，上好茶！」

也許，這則故事大家耳熟能詳，然其真實性如何，年代久遠，恐怕已無從考稽，但藉以諷刺紅塵中人見錢眼開，連出家老僧也不例外，卻是「誠懇待人，以客為尊」最佳的寓言故事！

二〇〇七年十月二十六日

手心向上與向下

怪事年年有，今年特別多，在經濟不景氣失業率攀高，「人民活不下去」跳樓、燒炭自殺事件頻傳的年代，竟有二個乞丐成千萬富翁，豈非怪事？

其一：不久前，南投有一名乞丐，十年伸手乞討的結果，在銀行裡的存款超過三千萬元，堪稱是千萬大富翁，被當地人封為「乞食狀元」。

根據報導，「乞食狀元」原是典型的農民，十年前某日急需五百元，在車站向人伸手索取，果然輕易如願，因而開始過著行乞的生活；如今，靠乞討可以成為大富翁，因而準備收徒經驗傳承，開出四大必備條件：一、要能練就半年洗一次澡；二、要能在冰冷的地上倒頭大睡；三、身體有瘡傷，不可塗抹藥膏，讓「瘡」保持不惡化的「爛」；四、得能忍受身上的骯髒與體臭。

其二：日前，高雄也有一位八十餘歲的老榮民，不但月領三萬餘元退休俸，且銀行有上千萬元的存款，並有二幢樓房出租，不愁吃穿，卻每天清晨準時到寺廟前報到，口中唸唸有詞伸手向人要錢；據表示，行乞的目的，只為打發時間！

從上述這兩則新聞，大家可看到世界上有二種人：一種手心向下，是「施」的人；另一種手心向上，是「受」的人。而乞丐富翁屬於後者，天生就是接受別人施捨的命，縱然富甲一方，手中擁有的錢財，也無福享受，所謂「生不帶來，死不帶去！」錢多，又有何用？

依據佛家「因果輪迴」的說法，一切眾生都會因果輪迴，如果在陽世欺心昧己、奸淫邪盜，死後打入十八層地獄永不超生，或轉世為牛、為馬任人驅使；相反地，如在陽世行善積德，將會再轉世為人。

曾經，有甲乙二人同時陽壽終了，被牛頭、馬面帶到十殿森羅，閻王看過「功過簿」後，決定讓他們再投胎為人，但其中一為「施」的人，另一為「受」的人。甲聽後心生貪念，搶先選擇了轉世為「受」的人，希望不必勞苦，能過坐享其成的日子；相對的，乙雖未能搶下先機，卻暗忖能「施」也不錯，可以助人。結果，閻王大筆一揮，判決乙轉世富貴人家，經常布施濟助窮人，而甲甘願接受施捨，判決下輩子當乞丐，接受別人的幫助。

也許，南投「乞食狀元」和高雄「千萬富翁乞丐」，可能是轉世之前，在閻王爺面前甘願為「受」的人，能怨得了誰？

二〇〇七年十一月三日

笑口常開

金門的太武山，海拔二百五十三公尺，各種原生植物遍佈花崗岩際縫，環境景觀幽美、空氣清新，山林到處蟲鳴鳥叫；而且，山頂上有座建於宋朝的古剎——海印寺，供奉觀音菩薩、與十八羅漢，因此，每天清晨，吸引許多喜好運動健行者，以及善信進香客摩肩接踵、絡繹於途。

近幾個月來，個人調換上班時段，所以，大清早常健行登太武山，無論走斗門古道拾階而上，抑或從兩側車道徒步上山，終點都會經過最高峰的「毋忘在莒」勒石，再走到海印寺，在觀音佛祖前為家人、為社會頂禮默禱，同時，也會到寺外摸摸「大肚能容」的石雕彌勒佛，因為，每次看一眼笑呵呵的「彌勒佛」，都會感染開朗、坦蕩與樂觀的情緒，渡過愜意快樂的一天。

事實上，許多人見到「笑口常開、大肚能容」無念無求、得失隨緣、自然常樂的「笑佛彌勒」，即使有一肚子的煩惱，將很快拋諸腦後；即使有滿腹的委曲，也將冰釋化解。因為，許許多多的佛教寺院，普遍均供奉有大肚彌勒，其目的正是要提醒世人：「大肚能容，了卻人間多少事；滿腔歡喜，笑開天下古今愁！」

據傳說，五代後梁時浙江奉化縣，有一位布袋和尚，身材矮胖，肚皮特大，整天笑呵呵地，經常背著布袋沿街化緣，一本慈悲為懷出口成章，默示禪機點醒塵世凡夫俗子，所到之處為人們所歡迎和敬佩，所以，大家都尊稱「布袋和尚」；因為，他在圓寂前曾說：「彌勒真彌勒，分身千百億，時時示時人，時人自不識。」所以，世人皆認為「布袋和尚」，正是彌勒菩薩的化身！

也許，凡是到過縣長室的鄉親，若稍加留意，將會發覺門外牆上懸掛著一幅字畫，寫著：「手把青秧插滿田，低頭便見水中天；六根清淨方為道，退步原來是向前！」這一首詩，就是「布袋和尚」與農人在田裡插秧，心有所感而寫，意思是一個人應虛懷若谷、謙沖自牧，才能認清自己，也才能體認回頭的世界，有時比向前的世界，更為遼闊；低頭的天地，有時也比抬頭的天地，更為寬廣！與「笑口常開，大肚能容」有異曲同工之妙，幾百年來為人們所傳頌，讓無數頹唐失意的人，重新燃起希望！

二〇〇七年十月二十日

風水輪流轉

民國七十六年，政府開放老兵返鄉探親，許多三十年前隨國軍到台灣的退伍老榮民，他們購買「三大件、五小件」見面禮，搭機經港、澳，重回闊別已久的家鄉。

同樣的，金門與廈門隔絕五十二年之後，於民國九十年元月二日，以「小三通」重啟交流新頁，由於金門人的祖先普遍來自廈門、漳州與泉州，因此，很多鄉親爭相回祖籍地尋根探親，拿著新台幣回原鄉整修祖廟，宴請族人。於是，在一般人的觀念之中，依然存在著大陸還是很貧窮落後，回鄉尋根探親，就是回去撒錢！

小時候，曾聽祖父說起，先祖來自泉州府東門外，因此，「小三通」開航之後，曾藉著赴泉州參加「旅遊節活動」，順便「打的」到東門外，希望能找到祖廟，豈知泉州有八百餘萬人口，幅員極為遼闊，「雲深不知處」無功而返。

民國九十五年秋天，經「廈門日報」與泉州「金門同胞聯誼會」的協助，終於在泉州東門外海邊豐澤區的前頭村，找到「瀛洲傳芳」的祖籍地，順利回到原鄉謁祖。

今年六月，與同輩的兄長，也是台灣地區閩南語名作詞、作曲家林垂立先生，一同回前頭村尋根謁祖，獲全村宗親總動員盛情歡迎，在村口豎立歡迎充氣拱門，路旁插滿旗幟，男女老少齊聚村口迎接，婦女人人頭插「金簪」，燃放一大串一大串的鞭炮，熱熱鬧鬧一起到宗祠祭拜祖先，並請來「總舖師」辦桌宴客，席開十餘桌，大家一起開懷暢飲，合唱林垂立的原作「車站」，現場氣氛熱到最高點，並驚動當地媒體爭相採訪，「泉州閩南語電視台」還當作晚間頭題新聞，播了七分鐘的影片，此外，「中新社」發出新聞稿，海內外百餘媒體轉載！

本來，暗忖全部開銷所費不貲，私下與垂立兄講好，二人共同平均分攤，豈料，前頭村的宗老堅持分文不收，只願酌收三百元的祭祖香燭費用，因為，大陸自改革開放，台商爭相登陸投資設廠，經濟發展突飛猛進，大家有工作和賺錢的機會，生活大幅改善，家家戶戶蓋了現代化的住宅，不再貧窮與落後，令人不由得感嘆，台灣內鬥虛耗，經濟大衰退，民不聊生；相反地，大陸致力拚經濟，改善民生，成果大家有目共睹，所謂「十年河東，十年河西」，風水真的會輪流轉！

二〇〇七年六月八日

人性光輝

一個多月前，「鐵達尼號」四百多件遺物拍賣，其中關鍵的「奪命鑰匙」競標最為激烈，最後被來自中國大陸的企業家，以七．八萬英鎊的天價奪標，準備帶回南京展出，備受各界矚目。

話說一九一二年，號稱全世界最大、最安全的豪華遊輪「鐵達尼號」，滿載著二千二百二十三名旅客準備航向美國紐約，卻不幸在芬蘭外海撞上冰山，造成一千五百二十二人不幸葬身海底，僅有七百多人逃過浩劫。

只是，經過九十五個寒暑更迭，絕大多數的倖存者，也先後在歲月的洪流中化成灰飛煙滅，截至上個月為止，生還者之一的九十六歲芭芭拉，也不幸作了古人，因此，目前僅剩九十五歲的米爾維妮亞老太太，成了「鐵達尼號」沉船唯一的生還者，為歷史作見證！

根據報導，九十五年前，米爾維妮亞出生約只有三個月大，跟隨父母和哥哥從英國搭上「鐵達尼號」，準備遠渡重洋到美國展開新生活；事實上，他們原本是購買另一艘郵輪的票，卻被船公司安排轉去「鐵達尼號」。途中船撞冰山，慌亂之中，米爾維妮亞的父親，趕緊將她們母女及哥哥送到救生艇上，最後平安獲救上岸，由其母帶回到英國；只可惜，其父留在船上等待救援，卻不幸隨船沉沒冰冷的海底。

也許，當船撞冰山之後，如果米爾維妮亞的父親只顧自己逃命，而不是將妻兒安置在救生艇上，那麼，米爾維妮亞早已葬身海底，今天豈能成為「鐵達尼號」沉船唯一的尚存者？

當然，所謂「一樣生，百樣死！」曾經同在一條船上快樂出航的旅客，有人不幸因船難葬身海底，相反地，卻有人能平安獲救，任風吹雨打、天災人禍、以及病魔的侵襲，卻仍能多活命九十五載春秋歲月。類似的情形，如果按照佛家生死輪迴，當年不幸罹難者，可能早已投胎轉世多次，而米爾維妮亞因其父捨身相救，才有機會生還，如今成為「鐵達尼號」唯一的倖存者，當世人看到她的幸運與長壽之時，亦應體認其父「人性光輝」的精神，值得彰顯與弘揚！

二〇〇七年十一月六日

半瓶叮噹

自從王建民加入「美國職棒大聯盟」之後，我也成了紐約洋基隊的「粉絲」，隨著「台灣之光」投出的每一球、或洋基隊的輸贏，生活步調跟著賽事起舞；因為，美國職棒之所以迷人，除了球員是匯聚世界頂尖高手，個個身懷絕技之外，更重要的是，球賽已呈現追求完美化、與藝術化，場場讓觀眾值回票價！

其實，欣賞美國大聯盟職棒比賽，與其說是享受人類強打、強投的感觀刺激，倒不如說是觀賞球隊運籌帷幄、善用智慧的昇華；君不見，在比賽之中，教練與球員的互動，每一個作戰命令下達，或相互掩護進攻，悉由一個眼神、一個暗號傳遞，沒有輕忽怠慢，也沒有跳樑小丑，人人全力以赴，爭取團隊勝利！

事實上，洋基隊的總教頭托瑞，與「勝投王」王建民，給人共同的印象是沈著、穩健，擁有主帥與大將的風範，能穩定軍心、激勵士氣，才會贏得更多的勝利，博取廣大球迷的激賞，丰采風靡全世界。

過去，經國先生當行政院長與總統時，致力行政革新與十大建設，包括身邊的團隊成員，個個沈著、穩健擔當大任，特別如錢復、宋楚瑜等擔任新聞局長，扮演「政府化妝師」

等角色，言行舉止拿捏分寸，絕不多說一句不該說的話，讓執政團隊帶給全民信心，雖歷經中美斷交、退出聯合國，以及石油危機，但仍能「莊敬自強、處變不驚」，甚而創造「台灣經濟奇蹟」，躋身「亞洲四小龍」，讓「台灣錢淹腳目」蜚聲國際！

不幸的是，近幾年來，放眼國內政壇，不僅經濟大衰退，人民財富大縮水，幾到民不聊生的境地，更可悲的是，「上樑不正、下樑歪」，領導的主帥說話顛三倒四，言行給人變變變、騙騙騙的感覺，所屬團隊跟著隨隨便便，辦教育的公然摳鼻屎、公堂之上呼呼大睡，真的是「教壞囝仔大小」；而且，新聞局長換人如換鞋，有公然以手掌比出「槍斃手勢」、有扮小丑唸肖話，言不及義，把肉麻當有趣，所謂「君子不重，則不威」，自己輕佻、浮燥，怎不令人給看「扁」了？

古有明訓：「滿瓶水不響，半瓶響叮噹！」真正學富五車、滿腹經綸，或有真才實學的人，往往沈著、穩健，絕不輕易露出本相，相反地，倒是一知半解的人，常常喜歡自賣自誇，醜態百出猶不自知！

二〇〇七年十一月七日

婆媳親 全家和

前金湖國小陳校長的公子「小登科」，備酒菜宴請親朋好友，席開數十桌，場面其喜洋洋！

自古以來，「洞房花燭月」與久旱逢甘霖、他鄉遇故知、和金榜題名時，同列人生四大喜事，因此，喜宴開始時，當新郎挽著新娘進場，陳校長高興笑得合不攏嘴，上台致詞時牽起身邊男生的手，說是她夜間部的同學兼室友；介紹親家公、親家母與媳婦時，表示自己當三十九年媳婦，很高興「長年媳婦熬成婆」今天總算升格了，所以，希望今晚大家「燒酒喝呼乾」，更希望明年媳婦生LP！博得滿堂賓客熱烈的掌聲。

當然，陳校長在鄉下與公婆同住，晨昏侍奉公婆，在地方上是人人讚頌的好媳婦，所謂的「長年媳婦熬成婆」，並非指長期受婆婆虐待，而是強調等待娶媳婦升格當婆婆，等了三十九年，言下之意，正是苦盡甘來的意思。

事實上，婆媳關係，一直以來就是家庭中最不好處理的難題，特別是在封建社會裡，婆媳關係不平等，為人媳婦者，必須俯首聽命於婆母，所謂「大家有嘴，新婦沒嘴」，就是最好的寫照。

因此，女孩出閣嫁入夫家，假如能幸運遇到會疼惜媳婦的好婆婆，那麼，婆媳親，全家和！萬一遇到惡婆婆，極可能出現「雜唸大家，出蠻皮新婦！」在這種情況下，兒子常常成為夾心餅、左右為難，尤其，「會當媳婦兩頭瞞，不會當的兩頭傳」，一場家庭內戰於是開打，所以，地方俗諺有云：「一代好媳婦，三代好兒孫」、「種到歹田望後冬，娶到歹某一世人」、「娶到好某恰贏做祖，娶到歹某一世人艱苦」，可見娶媳婦，是多麼重要的一件大事！

說實在話，以前的家庭，媳婦娶入門，就是一家人，天天生活在一起，媳婦有煮三餐侍奉公婆的義務，因此，所謂：「不孝媳婦三頓燒，有孝女兒路咧搖！」意即媳婦再怎麼不懂孝道，仍在身邊準備三餐；而嫁出去的女兒，無論再怎麼有孝心，也在遙遠的路途之外。所以，聰明為人公婆者，倘能把媳婦當成自己女兒疼惜，相信人同此心、心同此理，媳婦也會把公婆當親生父母奉待，婆媳相處融洽，家庭必定幸福美滿！

二〇〇七年十一月八日

強中自有強中手

據報導，六十一年前第二次世界大戰期間，駕駛B—廿九轟炸機於日本廣島投下原子彈的美軍飛行員保羅‧提比特，已於日前在美國俄亥俄州寓所病逝，享年九十二歲；遺囑特別交代家人將骨灰撒入大海，不舉行喪禮、也不立墓碑，以免墓地變成抗議者聚集的地點，死後不得安寧。

事實上，一九四五年八月六日上午八時十五分，美軍一架B—廿九轟炸機自太平洋北亞里亞納群島起飛，六個半小時後飛臨日本廣島上空，投擲一枚代號為「小男孩」的五噸重原子彈，四十三秒鐘後爆炸，造成十四萬餘日本人立即喪命，隨後又有八萬餘名傷患陸續死亡。

同樣的，三天後，又有一架美軍B—廿九轟炸機，飛臨日本長崎市上空，投下另一枚代號為「胖子」的原子彈，又造成八萬餘人死亡，迫使日本天皇宣布無條件投降，結束第二次世界大戰。

報導還提及，當年駕駛B—廿九轟炸機，在廣島投下原子彈的美軍飛行員保羅‧提比特，原本就讀於醫學院，想當一名救人的醫生，卻因第二次世界大戰爆發，毅然棄醫投筆從戎，變成殺敵不眨眼的飛行員，死在他手中的人命，超過二十餘萬條，寫下人類史上最高紀錄。

然而，保羅・提比特生前曾表示，投彈之後，每晚都睡得很好，從不後悔出那一趟任務，因為，他堅信如果沒採取非常行動，以原子彈殺死日軍侵略者，將有更多人被屠殺，未來盟軍反攻日本本土，亦可能有數百萬人戰死。換句話說，以原子彈轟炸廣島，等於是救了數百萬美國人的性命，也讓日本人民脫離戰爭的苦海，理應算是功德一樁，所以，從不後悔棄醫從軍，更不後悔駕機轟炸日本。

當然，日本「明治維新」之後邁向軍國主義，「武士道精神」被塑造成所向無敵，窮兵黷武大舉對外出兵，甚至，提出「一週攻占上海、三個月亡華」的計劃，幸中華兒女奮起抵抗，光是「淞滬會戰」一役，國軍堅守「四行倉庫」三個多月，徹底粉碎日軍「三月亡華」的妄想美夢，而且，日本皇軍怎麼想，也沒有料到美軍擁有原子彈，適時給予當頭棒喝，一舉結束第二次世界大戰。

所謂「天外有天，人外有人」、「強中自有強中手，莫在人前誇海口！」可見一個國家、或一般個人，還是不能太囂張跋扈，隨便出手欺侮別人才好！

二〇〇七年十一月九日

閒話廁所文學

提起「廁所」一詞，那是家家必備、人人必用的設施；然有人稱為茅坑、便所，也有人稱作盥洗室、化粧室或洗手間；可是，不因名稱不同、設備有異，其基本功能有所改變。因為，無論稱為廁所、茅坑或洗手間，均為解決人們生理需求、提供舒展身心的地方。

認真說，「吃、喝、拉、撒、睡」是所有人都必須面對的大事，尤其，一個人每天進廁所的次數，往往比進餐廳還多。然而，在人們的心目中，餐廳是香噴噴，可大快朵頤飽餐一頓的場所；相反地，廁所則是臭氣沖天，常常叫人掩鼻屏息、避之唯恐不及的地方。

一般而言，便所，顧名思義就是供人們方便的場所，舉凡是車站、機場、碼頭、或公園等地方，都必備公共廁所，供往來旅客使用，因此，許多公共廁所，常發現有缺乏公德心的人，蹲著便解無所事事，對著門板胡亂塗鴉，所塗的若非是色情援交電話，便是低俗不堪入目的文字或圖畫，令人不忍卒睹。

但是，許多公廁裡，偶而也有頗具水準的奇文共賞，諸如：「天下英雄豪傑到此卑躬屈膝；世上正人君子進來寬衣解帶」、「大開方便之門，解決後股之憂」、「來前百步緊，出後一身鬆」、「人生自古誰無屎，留取屎尿在便坑」等等，不一而足，成為特有的「廁所文學」！

近年來，國民生活水準大幅提高，加諸環保意識抬頭，公廁普遍設有專人管理、維護，並進行評比，做到整潔、衛生、沒有臭味等基本要求，因此，遭胡亂塗鴉的情形已相對減少，而且，許多公廁內部開始佈置盆栽、張掛圖畫與詩詞作品、以及勵志文章或幽默小語等等，使之生氣盎然，並藉以提升「廁所文學」水準。

事實上，時下的新建公廁，已朝向舒適性環境、現代化設施、教育性佈置、人性化設計、以及無障礙空間等方向發展，所以，未來的廁所，「小坐片刻，便會放鬆意念；清閒一會，即成造化神仙！」將不再是臭氣沖天，避之唯恐不及的地方。

二〇〇七年十一月十日

船過應有痕

報社資深員工傅永泰、章麗河正式屆齡榮退，離開朝夕相處三十幾個寒暑的工作崗位，在公務生涯劃下美麗的句點！

當然，時代的巨輪不停地前進，無情歲月催人老，那是人類進化不變的鐵則，古往今來，無分王侯將相、達官貴人，縱有翻江倒海之功，能用竹杖擔風月，擔得起亦得歇肩；縱有伏虎降龍之力，能赤手空拳握古今，握得住也須放手。畢竟自盤古開天以來，沒有人能挽住時光的洪濤，與山川並壽、日月同光。因此，一個人從工作崗位上退休，那是人生必經之途，大人物尚且如此，何況是藉藉無名的單位小職員，沒有被指為「老而不死謂之賊」，已夠幸運了，何足再多費筆墨？

可是，「求名在朝，求利在市」，傅、章兩人自青春少年即進入報社，從每一個月八十元薪水幹起，以克難的機器和設備，在砲火下從事報紙出版工作，他們不求名，也不計利，安貧樂道奉獻一生最璀燦的青春歲月，如今，「髮如三冬雪，鬢似九月霜」，三十幾年無怨無悔的付出，當要交下工作棒子，離開報社大家庭，著實令同仁感感不勝依依！

其實，戰地政務時期將報社定位為生產事業單位，很明顯就是一種錯誤，因為，報紙發行的目的在於發揮社教功效，若將首要任務列為營利賺錢，那是本末倒置，何況，一份區域報分送到國內每個角落，收費完全相同，有時連發行的工資都不夠，更別說其它成本支出。說句不客氣話，諸如「聞名天下有，無如寶月泉」的金酒，就算閉著眼睛到街上隨便抓，那怕是抓到「康柚」去經營，想不賺錢都難，而一份金門日報千里迢遙送到台灣訂戶手中，同樣收五塊錢，這種生意即使聘請「台灣經營之神」來經營，恐怕也賺不了錢，同在「生命共同體」裡，賺錢單位超產獎金人人分得笑哈哈，賠錢單位時時籠在發不出薪水、與裁撤恐懼之中，真是「平平十六歲，大小漢那差一截」！

幸好，絕大多數報社員工從年少即進入報社一起打拚，三十年的朝夕相處，大家宛如一家人，所謂「前人種樹，後人乘涼」，他們雖功成身退，即將離開工作崗位，但是，他們一生的付出，沒有功勞、也有苦勞，船過應有痕，值得肯定與懷念！

一九九五年七月十六日

對得起自己

前幾天，在報刊上讀到一篇題為「對得起自己」的文章，那是一位剛通過高、普考的「菜鳥」公務員，感嘆滿懷學生時代的理想與熱情，卻在進入公家機關一年之後，親身目睹辦公室裡，每天發生各種光怪陸離的劇碼，意志慢慢消沉、頹喪，有感而發所寫的心情告白。

仔細品讀全文，原來辦公室裡光怪陸離的劇碼，即是「大官忙私事，小官忙吹捧」，能力強想做事者，「不遭人忌是庸才」，處處受掣肘和扯後腿，有志難伸紛紛離職；而辦事能力差者，卻彷如「歹棺材佔塚」，不但佔著職缺不做事，還常在一旁說風涼話。因為，在「公務員保障法」的大纛下，只要不涉及貪贓枉法，「佔坑不拉屎」誰也拿他沒輒，因而上班啃書準備再升官考試、或抄寫作業進修換學位者，比比皆是；此外，還有更高明的奇招，那就是懂得察言觀色，看主官是喜歡燒酒、或豆腐，儘量投其所好，憑恃逢迎拍馬、曲意承歡的一招半術的工夫，就能輕易升官佔缺，快意逍遙！

尤其，作者特別強調公家機關的辦公室，就像一個大醬缸，踏進門之後鮮少不沾染「多做多錯，少做少錯」的氣息，而且，單位裡有大圈圈，圈圈裡又有小圈圈，也鮮少不被捲入漩渦，於是，得寵者上班時「櫻櫻美代子」，升遷考評吃香喝辣；反之，則是「吃冇扑罵有」，所謂的「大混小混，一帆風順；苦幹實幹，撤職查辦！」正是公務界普遍的現象，大家見怪不怪！

所以，作者一直害怕忘了當初服公職的初衷，常常叮嚀自己良心還沒有完全泯滅，份內的工作力求「對得起自己」就好，試著學習裝假作戇，才能「從容自在過日子，輕鬆愉快領薪水」！

古有明訓：「身在公門好修行！」公務員待遇優渥、薪水按時入帳，還有年終獎金、考績獎金、以及子女教育和公保、健保補助，甚至，不休假，也有獎金可領；每年更有一萬六千元強制旅遊補助；工作享有週休二日，並有年假可休，更重要的是，退休時有退休金或終身俸。換言之，公務員享用民脂民膏，待遇令民營企業望塵莫及，但試問，能真正戮力從公者幾何？「菜鳥」公務員的心情告白，值得全體公務員捫心自問，是否「對得起自己」？

二〇〇五年四月三十日

夜貓甘苦談

有人說：幹新聞編輯算算文稿字數，下個標題，把版面填滿，一天只上班幾個鐘頭，很輕鬆嘛！

是的！幹報紙新聞編輯，只要把記者或作者的文稿及照片詳加審視，擬定全文大意標題，設計版面，完成大樣校讀簽字之後，就差不多可以下班回家了。

然而，報紙出版作業像接力賽跑，自記者撰稿、編輯、排版、校對、製版、印刷、發行，一棒接一棒從傍晚到天明，大家以跑百米的速度衝刺，其間不得有任何一個環結稍怠、延誤，否則，將影響正常出刊發行！

其實，新聞編輯工作，認真算並不止於上班打卡後，坐在編輯桌前那幾個鐘頭而已，因為，新聞有延續性，編輯得掌握國內、外時事脈動，不僅每天要詳看各家報紙，時時注意電視新聞。此外，下班後還要廣為約稿、蒐集資料、兼編專刊、撰寫專欄，若說編輯是全天候的工作，真的一點也不為過。

當然，夜班工作時間較短，但是，生理時鐘顛倒，絕對不利健康，而且，生活作息和家人脫節，與社會不能同步，若是參加訓練、講習、開會或慶典活動，同樣忙一天，別人活動結束即回家休息，我們則是緊接著趕去上班。尤其，每天凌晨看完大樣之後，拖著疲憊的身子回家，夜深人靜任何雞鳴狗叫，都顯得特別刺耳，常令人無法入睡；好不容易成眠，大概天也已快亮，家家孩子上學，人聲、車聲吵雜起來，若逢社區構工，或是迎神賽會，更令人睡意全消。那種「一日無眠，三日失神」的苦楚，絕非外人所能領會！

再說，同是公務員，很多人承辦業務，記功、嘉獎不斷，真是羨煞人也！而我們每天執行相同編務，雖絞盡腦汁想出的一個好標題、或寫出一篇佳作，都屬例行公事，構不成獎勵要件，所以，許多同仁幹了十幾年編輯，被記嘉獎次數五個手指頭伸出來數不完，難怪去年有人可參加薦任升等訓練甄選評比，看看獎勵全無，心知末比先輸，乾脆放棄送件，平白吃悶虧，向誰訴說？

二〇〇三年一月七日

歡迎新作者

幾天前，副刊版刊登一則題為「治不好的鄉思病」短文，旁邊還附著一張手繪圖稿，顯得極為醒目；當初拆閱這封來稿，除了深深為浯島旅外學子真誠的鄉愁呼喚所感動，也為隨稿附圖左下角「亞孟愛畫話」一行小字所吸引，所以，決定圖、文同時刊出！

說實在話，金門日報是地方報，理應負有地方人文歷史記錄、及鄉土文化傳承的責任，更應肩負培植藝文人才，因此，有志寫作及繪畫的新人，我們都願給予更多的機會，幫助成長、茁壯！

或許，常常看聯合報、民生報和經濟日報的讀者，一定很喜歡看「季青」的時事漫畫，而這位當前國內赫赫有名的時事漫畫家，正是道道地地的金門人，當年他就讀金門高中時，就展現對繪畫的熱愛，作品投寄到金門日報，雖然，當時火候還有待加強，可是，編輯主任「風衣」決定以最重要的第二版「重要新聞」版面刊登，目的只有一個，就是希望給他鼓勵和機會！

也許，「季青」有了發表的園地，愈畫愈起勁，筆法愈來愈熟練，作品廣獲讀者的喜愛。自金門高中畢業後到台灣唸大學，即被聯合報系所網羅，生動的時事漫畫常擺在第一版最醒目的位置，成為主要的賣點，因為，雖只是簡單幾筆鉤勒，卻含意深遠，往往勝過幾千文字敘述，常常讓人發出會心微笑或拍案叫絕！

當然，「季青」有今天傲人的成就，為金門鄉親爭光，一切的榮譽應屬他不斷努力換來的成果，金門日報曾經提供發表園地，亦同感與有榮焉！因此，我們處理來稿，都會特別注意新作者，對於有志寫作的新人，文稿會儘量優先選用刊登，藉以增加信心和勇氣，希望有朝一日，一株小幼苗能成長綠樹成蔭。尤其，具有繪畫天分、且想動筆作畫的作者，更是鳳毛麟角難得一見，自當倍加愛護，選用那則圖稿刊登，正是給予鼓勵，期待繼續不停地畫下去。

說實在話，「浯江副刊」園地屬於大家的，大門永遠敞開，喜歡有志寫作和繪畫的青年朋友，快拿起筆來，竭誠歡迎來稿！

二〇〇三年八月二日

我也是「騙子」

小時候，常常聽媽媽說：「查甫講話石斬字，查某講話沙寫字」，因此，自懂事以來，我最瞧不起「白賊七仔」；生活週遭的人，只要讓我發覺他說過一次謊話，即會對他的人格大打折扣；假如發覺他一再說謊，且言行不一，卻還能「臉不紅、氣不喘」，那麼，即使官高權重，但在我的心目中，還是會被看得扁扁的！

然而，不幸的是，最近，我發覺自己也成了「騙子」——是一個專門欺騙父母的兒子。因為，每次回鄉下老家探望雙親，面對老人家的關懷垂詢，常常要編造一套美麗的謊言，以騙取他們展露歡顏！

說實在話，從前金門地瘠人貧，加諸戰禍連連，居民謀生不易，一般家庭普遍貧與窮，我們家自是不能例外。所幸，也因兩岸爭戰島上戍守十萬大軍，部隊的主副食，以及官兵日用品，都在軍營附近消費，各項生意應運而生；換言之，阿兵哥的薪餉和親友匯寄的新台幣，泰半花在金門，因此，除了每星期四上午「莒光日」部隊停止放假之外，其餘每週六天半，商店生意做不完，各行各業大發利市，自然不在話下。

我們家世代務農，欠缺資本和做買賣的經驗，但躬逢國內完成十大建設經濟起飛，軍公教年年大幅加薪，金門駐軍多，部隊發餉時鈔票滿天飛，我們家兄弟們在市街租屋從事照相與辦公器材等相關生意，躬逢其盛小分一杯羹。

雖然，雙親習慣住在鄉下，但兒媳們忙於生意的情景，老人家知之甚詳。可是，他們知道孩子自幼貧寒能吃苦，所以，只關心忙不忙，並不耽心累不累，因此，每次告訴他們工作不忙，老人家即愁眉苦臉，反之，若說忙得連吃飯、睡覺的時間都沒有，老人家立即展露歡顏，連聲說「忙才好，有工作做，才有飯吃！」

近年來，島上駐軍大量裁撤，靠阿兵哥消費的生意一落千丈，雙親更加的關心，每次回鄉下探望他們，老人家總是殷殷垂詢，為了不讓他們憂心，都要編造一套美麗的謊言，以騙取他們的歡愉和安心，也因此，每一次都成為「騙子」，幸好，騙取雙親的歡顏，大概還不屬犯法的行為！

二〇〇五年五月三日

瞄準籃框

喜歡打籃球的朋友都知道，球投進對方籃框才算得分，而籃框是固定的，出手投球之前，務必瞄準籃框，否則，可能造成「籃外空心」白費心機了。

當然，一場籃球比賽，不僅球員要具備良好基本動作，還要遵守比賽規則和服從裁判哨音規範，才能公平競爭，展現運動風範！

同樣的，報紙是公器，每一家報社都有一定堅持的經營理念和立場，副刊雖是公開投稿的園地，但是，對來稿的取捨，也有一定的原則和走向，設有編輯在把關，目的就是為廣大讀者負責。因此，副刊園地絕對不是垃圾桶、也不是留言板，並非能隨心所欲「有投必中」！

畢竟，報紙是商品，讀者需要花錢訂閱，每一篇報導或文章，都有千萬隻眼睛在檢驗，為求向上提升、永續經營，編輯有責任選擇最好的作品以饗讀者。換言之，副刊版面有限，對來稿無法照單全收，去蕪存菁，好文章成遺珠之憾，亦在所難免！國內大報副刊投稿錄取率幾乎是百不及一，一點兒都不值得大驚小怪！

金門日報雖是地方報，但自新聞網站上線之後，讀者已遍及海內外，每天有數千旅外鄉親在瀏覽，他們人在異鄉，心繫故土家園，特別是許多新生代，他們透過副刊文學，能瞭解浯島風土民情，因此，目前「浯副」擇稿方向，以與金門這塊土地有關的風土民情為優先，這是我們無所逃避的職責，畢竟，除此之外，放眼全世界，沒有第二家刊物能天天記錄金門的人文史蹟，傳承浯島鄉土文化，不是嗎？

或許，金門曾是戰地，許多鄉親因戰亂流落他鄉，如今能藉金門日報網站凝聚鄉心、維繫鄉情，從投給浯副的稿件，有很多來自海外，甚至有旅居南半球紐西蘭、以及大陸西安的鄉親，稿源比以前充裕，文稿獲刊登的機率相對降低了，特別是長篇巨著很難處理，割捨部份文稿，實是情非得已，值得強調的是，我們沒有門戶之見，歡迎賜稿大門永遠敞開，但請儘量「瞄準籃框」，才不易成遺珠之憾！

二〇〇三年十二月二十二日

發福非福

最近，與朋友見面寒暄，聽到的第一句常常是：「恭喜喔，發福了！」

一般而言，「查埔長到廿五、查某長到大肚」，而我早已步入中年，身體不再長高，開始向橫的方向發展；近年來，腰圍偷偷地變粗，褲帶被迫多放長一格，不知不覺中已成「中廣」一族，也就是「發福」了；幸好，還沒有胖到挺著啤酒肚、穿著吊帶褲的境地。

當然，每次面對朋友「發福」的調侃，內心真的卻之不恭，也只能苦笑搖頭以對！因為，任誰都知道身體肥胖是一種病徵，除了影響個人行動靈敏度，更直接影響健康，尤其，特別容易引起心臟病、糖尿病和腦中風等疾病，對一個人的壽命來說，不但不是「福」，而是一種「禍」！

根據世界衛生組織對全球百歲人瑞進行訪查，發現所有長壽者，竟沒有一個是胖子，足以證明身體發胖與短命成正比；而且，愛美是人的天性，放眼全世界，審美的觀點都一樣，胖子似乎都無緣站上選美的伸展台，難怪人人「聞胖色變」，也因此，「減肥」已成時尚的新興行業，擁有苗條的身材，才是大家欣羡的對象。

事實上，自我懂事起，家裡祖孫三代都是骨瘦嶙峋，沒有一個是胖子，同時，舅舅家族也一樣；換句話說，我們家沒有「肥胖」的種籽，五個兄弟之中，除了我之外，也都骨瘦如柴，並沒有「發福」的跡象。雖然，個人深信「無竹使人俗、無肉使人瘦」，但也僅偶而啖一塊香嫩的「東坡肉」，平時既不抽煙、也不喝啤酒、飯也只吃八分飽，竟無端「發福」，實是百思不解！

不久前，從一篇報導獲知：「肥胖是營養不良的表徵，而非營養過剩。」仔細詳讀全文，才驚覺幹新聞編輯成為「夜貓族」，長期日夜顛倒，生活不正常，每天傍晚出門上班，坐上編輯台後忙到凌晨一、二點才下班，其間連續五、六個鐘頭沒進食，回家後趕緊找食物充飢，所謂「吃飽睏、圓滾滾」，想不胖也難！

所謂「男怕選錯行，女怕嫁錯郎！」長期上夜班不利健康，這是「夜貓族」共同的隱憂，想不到「中年發福」，竟成眼前的新煩惱！

二〇〇五年五月八日

鄉愿的代價

居家環境之中，若有一隻老鼠出沒活動，而未能及時設法消滅，那麼，老鼠除了會偷吃食物、破壞家俱，更會繁衍子孫，成群結黨，終致鼠輩橫行，禍患無窮！

同樣的道理，地方上若出現行為乖張或心神偏失的人，家人及相關單位若不能適時有效糾正遏止，那麼，後果輕則個人身敗名裂、家破人亡，重則禍延鄰里，對社會、國家造成不可彌補的缺憾！

想當初，殺害「白小燕案」的兇嫌，年紀輕輕的就作惡多端，曾被判處死刑，卻因執法者心存婦人之仁，未能立即斬草除根，加諸罪犯孽根深重，不知感恩圖報痛改全非，竟變本加厲成了殺人不眨眼的惡魔，雖然，法網恢恢，疏而不漏，「多行不義必自斃」，可是，一小撮人的行為偏失，對受害人及社會所造成的傷害，代價真的太大了！

同樣的，當初金湖地區道路與市街，不時有一輛白色的轎車，經常像噴射機起飛前那樣的速度在呼嘯狂飆，讓人驚心動魄，引為街頭巷尾關心的焦點話題，大家面有懼色，無不耽心萬一有人被撞到，後果真是不堪設想，尤有甚者，針對這件事，報社以新聞、「紫外線」

專欄等，先後曾提出呼籲，冀望有關單位能正視問題之存在，適時出面勸導或查緝，以遏止悲劇發生！

豈料，大家的疾呼，沒有發揮應有的力量；大家的耽憂，竟不幸成了事實。新春期間，正當大家快快樂樂過新年之際，復國墩鄭姓送報婦人，不幸被該輛白色飛車給撞了，當場血肉模糊成為輪下冤魂，家中留下罹患重症的先生，以及九名嗷嗷待哺的年幼子女，怪不得省府顏主席前往慰問，面對慘劇不禁悲從中來，感傷落淚！

平心而論，這件悲劇本不應該發生，因為，肇事者身為公職人員，可惜一再飛車惹事，縣府相關單位沒人願管，警察單位也拿他沒輒，直到悲劇真的發生，造成送報婦人慘死家破人亡，害人且害己，令人痛心；但願這是鄉愿造成血淋淋的教訓，更希望是最後一次了！

二〇〇〇年二月十九日

養榕情深

一個偶然的機緣，我開始興起養榕的嗜好，於是，每天黃昏陪孩子到戶外活動，總不忘在路旁石縫尋找榕苗，移植花盆小心澆水呵護，看它添葉茁枝，如今，心血化作堂前花台上的一片新綠，為居家生活平添幾許生氣！

盆栽的種類繁多，各異其趣，只要家中擺上一盆花樹木，「室有山林趣，人無塵俗思」，可惜我不是盆栽行家，對園藝知識空乏懵懂，未敢輕易嚐試，唯一對烏榕情有獨鍾，實因烏榕不畏風雨寒霜，只需少許露水滋潤，就能勇敢地延續性命。

尤其，榕籽細微，不擇沃土，卻能在石縫中萌芽，當生長條件不足，能盤根錯節儲存養份蓄勢待發，若逢雨露豐沛，便能枝葉繁茂，千年不凋。一株榕樹的生活史，充分顯露生活的目的，悠遊自在，不忮不求；生命的意義，勇者無懼，當仁不讓，這就是烏榕可愛之處，也是正是許多人用以怡情養性、韜光養晦的主因。

的確，人各有志，所謂「鍾鼎山林，各有天性，不可強也！」有人爭名逐利，手段無所不用其極；而有人卻澹泊明志、動心忍性，甚而遁入佛門耳根清淨，四大皆空、五蘊非有。此外，有人愛菊，像陶淵明愛其臨霜雪而不屈；有人愛蓮，如周敦頤愛它出污泥而不染。唐宋八大家之一的蘇軾，被貶官放逐黃州時，和賓客泛舟遊赤壁，羨長江之浩瀚，頓悟己身如寄生蜉游，宛如滄海之一粟，而有哀人生短暫之嘆，天地之間，實在沒有什麼好爭好羨的，物各有主，苟非吾人所有，雖一毫莫取；人生之際遇，沒有所謂的永恆，只有江上的清風、山間的明月，耳得之而為聲，目遇之而成色，取之不盡，用之不竭。

誠然，人的慾望無窮，「馬思邊草拳毛動，雕盼青雲睡眼開」，何況，我仍一介凡夫俗子，每天得為生活奔波，如何能領略「綠水青山乃大富大貴，清風朗月無異功名」的真諦。然而，年逾不惑，就很容易躊躇滿志、安於現狀，尤其，看多了世事變幻，人間的滄桑，自覺能有個安身立命的窩，上有父母，下有妻兒，大家健康快樂，還冀求什麼？

養榕，是一種技巧，也是一門學問，透過修葉壓枝，水分控制，讓葉少根莖粗，需要恆心和耐力，日積月累，涓滴塑成的藝術創作。儘管，養榕技巧仍處於摸索階段，但每天拉開窗帘，面對堂前一片綠意，那份敝帚自珍，以及朝夕相處的感情，卻日益滋長！

一九九三年七月三日

老農的嘆息

春雷響後，雨霧滋潤，大地一片生氣盎然，又是一年農耕播種時！

每年到了這個時節，農村閒人少，家家忙著翻土播種，我們家自是不例外；先祖自明末由對岸泉州府東門外渡海而來，開山闢地，世代以鋤犁傳家，子孫躬耕自食。父親七歲便下田學耕種，以雙手除盡田中雜草與害蟲，用雙肩挑水擔肥灌溉禾苗，尤其，當孩子相繼出生後，倍感責任加重，益發操勞田間農事，每年冬閒，先將農地翻鬆耙平，待來春播種，幾十年來，春耕夏耘、秋收冬藏，供給全家衣食溫飽。

今年，春雨過後，父親和往年一樣，背負種子上山，卻見周遭田地芒草及腰，放眼山野無人耕種，若自己一塊地種高粱，將來抽穗結子，當作麻雀的點心大概還不夠；如果種花生，只要開花落地結果，四面八方飢腸轆轆的鼠輩匯集，該如何防患？何況，坊間外來的土豆，既大且便宜，去年家裡收成的幾麻袋，還找不到買主，即使今年再豐收，又將如何是好？

的確，年輕人為了升學和就業，紛紛遠走他鄉，加諸房價狂飆，工資跟著水漲船高，建築業的蓬勃發展，工地需要大量人手，他們早上出門，傍晚鈔票即進入荷包，一天工資可換得二十五公斤白米；而種田，一季的辛勞，就算風調雨順，收成的作物，扣除肥料和農藥的支出，所剩無幾，誰願種田？農地拋荒已是擋不住的時代潮流。

金門自古以蕃藷為主食，國軍進駐之後，胡璉司令官發現島上百姓沒有大米吃，而戰地軍民每月至少從台灣進口十萬瓶酒類，因而鼓勵百姓種高粱釀酒，將省下的錢進口白米，和百姓兌換高粱，既可解決民食，高粱稈也可當燃料，真是一舉三得！

因此，民國四十年底，在舊金城正式成立「金門酒廠」，經過不斷研發，釀造「香醇天下有，無如寶月泉」的金門高粱酒，也成為金門縣政的經濟命脈。而今，島上種高粱和花生的人銳減，不久的一天，高粱酒和貢糖等土產不再是道地貨，訪客搶購熱潮是否仍持續不衰？值得憂慮！

父親耕種一甲子，堪稱是老農了。種田人家，田裡長了雜草，彷彿臉上塗著污垢一樣的難看，父親是個愛面子的人，一生念茲在茲，不許自己耕種的田地長出一株雜草，如今，孩子相繼在外成家立業，沒人願意繼承衣缽，年歲漸長，眼看著耕地就要在他手裡拋荒了，怎不感慨嘆息呢？

二〇〇一年十一月十四日

窮厝無窮路

童年生活在砲火下，吃的常是已生蟲的「安餔糊」，國小畢業前，班上的同學普遍還打赤腳上學，黃卡其的褲子，常常要穿到屁股貼上兩個補丁，美援麵粉袋縫製的白上衣，胸前、背後常出現「中美合作」，大家見怪不怪。因為，戰火下的農村，每一個家庭的共同點是「孩子多」和「貧窮」！

在鄉下唸小學，或到鎮上讀國中，午餐可以徒步回家喝地瓜粥，可是，到城裡唸高中，既要買公車月票，也要午餐費，若在食指浩繁，且沒有固定收入的家庭，確是一項大負擔，足以令家計捉襟見肘！

那個時候，家裡只靠母親剁一斤一、二塊錢的海蚵，每天從早忙到晚，頂多賣個十幾元，此外，父親種出來的青菜，挑到三公里外的鎮上市場，常常一塊錢三斤也賣不出去，血本無歸。換句話說，處在那種環境下，想賺一塊錢都非常不容易，可是，無論家裡再怎麼窮，我每次要出門，母親總是以「窮厝無窮路」，量入為出多給我錢帶在身上。

高中畢業那年，暗忖著大學聯考錄取率是個位數，即使能考取也唸不起，因此，決定走投考「軍校正期班」的路，所以，隨同學搭船赴台應考，臨行前，母親塞給我二千多元，我知道家裡根本沒有節餘，那是向外婆借來的，如果因我去一趟台灣，把那一大筆錢花光了，家裡因此背負巨額債務，將來四個弟弟和一個妹妹吃什麼？我心想搭登陸艦去台灣是免費，考完軍校聯考即回來，帶一千元即夠用，其他的款項可先拿去還外婆，但是，母親流著眼淚，硬是把錢塞在我褲袋裡，還是那句話：「窮厝無窮路」！

如今，我育有兩個小犬兒，「當家才知柴米貴，養兒方知父母恩」，每次送他們上學或出門，眼前即浮現兒時母親塞給我錢的情景，當年父母不識字，沒有固定收入，窮到家徒四壁，但憑勞力養育七個子女，自己「儉腸捏肚」，卻捨得把所有無悔的付出給孩子；而今，大環境普獲改善，我是按月授薪的公務員，每個月有固定的收入，也有子女教育補助費，而且，只養兩個孩子，還能吝嗇什麼？

二〇〇三年十月二十三日

不願讓孩子當總統

日前，阿扁總統在國宴致詞，指馬拉威與台灣有許多雷同之處，都從威權走向民主，兩國總統與在座的呂副總統三人，都曾被判刑坐過牢，因而當著國賓面前，透過電視向國人連聲說：「只有坐過牢的人，才能當正、副總統」！

所謂「查脯講話石斬字！──君無戲言」，當電視播出這則新聞的時候，我正陪著孩子享用晚餐。孩子問我，總統是不是在開玩笑？要不然，年青人是不是不必再用功敦品勵學，應該先去犯罪坐牢，將來才能當「正、副總統」？孩子的疑問，令我啞口無言。尤其，自從幹新聞編輯上夜班之後，與孩子生活不同調，見面機會較少，因此，我常耽心他們只有學校教育，缺少家庭身教言教，身心無法均衡發展。

曾經，電視新聞報導，有人買了一份報紙，看完之後放在公園椅子上，被人誤為報紙是棄置物，隨手拿起來翻閱，卻被買報紙的人認定未經許可擅自取閱，是偷竊現行犯扭送警所，經移送法辦遭判刑確定。雖然，這則新聞看似原告小題大作，才區區一份看過的報紙，剩餘價值無幾；何況，棄置在公園椅子上，光天化日之下公開取閱，於情於理何來偷竊的嫌疑？但就法的立場，不屬於自己的財物，雖只是一份舊報紙，任意取用佔有，就是違法侵佔、或偷竊，人贓俱獲被判刑，並沒有什麼不對。

此外，另有一則電視新聞，馬路邊的消防栓被肇事車撞壞了，自來水大量外洩，有一名駕駛人路過，認為自來水平白流到地上很可惜，趁機取水洗車，正巧員警巡邏車經過，被依竊取自來水公物移送法辦，遭判處有罪，還另罰款新台幣二十萬元。

上述兩則新聞，正巧都與孩子一起吃飯看電視，適時給予機會教育，希望他們懂得「勿以善小而不為，勿以惡小而為之」的道理，畢竟，孩子頭頂一片天，兒孫自有兒孫福，只要他們懂得守法，「福雖未至，禍已遠矣！」寧可做個規規矩矩的平凡人，也不希望他們作奸犯科去坐牢，將來才能當正、副總統！

二〇〇三年十月十八日

花生成熟時

時序輪迴，一年容易屆炎夏，又是花生成熟時！

幾百年來，家裡世代務農，花生是主要的作物之一；因為，過去島上是封閉的農業社會，作物收成沒有銷路，泰半以自給自足為主，而種花生的目的，除了換取一家人食用油；更重要的是，農家靠牛拉犁耕田，冬季草木枯乾，曬乾的花生藤是牛隻的渡冬草糧。

小時候，每屆花生成熟的季節，一家人無分老少，天麻麻亮即上山拔花生，太陽高掛的時候，則把花生藤搬到蔭涼的樹下，仔細摘下一顆顆的「土豆莢」，大部份曬乾儲存，以備「油行」前來收兌，小部分則煮熟曬乾食用。

事實上，種田人家靠天吃飯，天不下雨或風災、蟲害的「歹年冬」，三餐都難以溫飽，更別說還有其它「零食」；然而，每年採收完花生，孩子最高興的，莫過於每人能分得一小甕熟花生，肚子餓了，隨時可抓一把剝食充飢。

其實，花生就是俗稱的「土豆」，可榨油或食用，經炒熟、烘焙之後，特別香脆可口，製作「紅龜粿」，尤其風味絕佳。昔時製成點心向朝廷晉貢，成為皇帝御前茶點，相沿至今，「貢糖」是金門的特產，成為到訪觀光客的最愛，也是當地人出訪攜帶的伴手禮。。

據鄉野傳說，花生原本和其他豆類一樣，開花結果成莢懸在藤蔓間，因明太祖朱元璋幼時當過乞丐、也當過和尚，曾躲睡在花生田藤蔓裡，被一顆顆花生莢「苛」得一身疼痛，起身之後隨口說了一句：「頂開花、下結籽，大人囝仔愛吃仔死！」真命天子開金口，「乞食身、皇帝嘴」，花生真的地上開花，再鑽進地裡結果，所以也叫「落花生」。

如今，雙親年邁無法再養牛耕田，兄弟們皆在外成家立業，無人願克紹箕裘繼承耕作的衣缽，家裡的田地逐漸拋荒，已兩年沒有種花生了；而我的孩子生長在市街，他們天天吃麵包，卻不識黍麥，更不知土豆為何「頂開花、下結籽」長在泥土裡！

又是花生成熟時，家裡已不再種花生，日前路過作家陳長慶的書店停車喝茶，有幸分享親友贈送他剛採收的花生，倍覺香脆可口，不自覺地又勾起往日情懷！

二〇〇四年八月七日

吃苦如吃補

高中畢業那年，我在「南宋小學嘉言」一書中讀過這麼一段文字：「少年登科，一大不幸；襲父兄財勢，二大不幸；有高才能文章，三大不幸也！」當時，戰後的金門民生困苦，一家老小仍住在砲火毀損的斷垣殘壁之中，求職無門，眼看著同學承家族之事業營利，或靠父兄的人脈進公務機關佔職缺，因而讀到那樣的字句，備感人間冷暖，直覺作者欺人太甚！

或許，科舉時代靠苦讀在殿試金榜題名，才能袍笏加身，享受封官賜爵的榮耀，但倘若年少登科，「嘴上無毛，做事不牢」，缺少人生歷練，在險惡的官場不易生存，被列為一大不幸，是可以理解的。其次，帝制時代統治者為箝制思想、鞏固政權，動輒大興文字獄，專挑讀書人文章中的瑕疵定罪，輕則發配邊疆；重則人頭落地，或滿門抄斬、株連九族，文人遭迫害列為大不幸，不足為奇！

然而，襲父兄財勢，亦列為人生大不幸，內心大惑不解。因為，年輕人成家立業，若有人提攜或資助，可少奮鬥二十年，應是人人欣羡的對象，豈有不幸之理？

可是，三十年後年近「知天命」，回首前塵往事，驚覺人要靠自己不斷地努力，和承受挫折才能成長，也唯有勇敢面對各項挑戰，心智成熟才能立於不敗立地。畢竟，當年承襲父兄財勢的同儕，也許因養尊處優，日漸喪失競爭力，反而是少數在困苦中掙扎者，皆能激勵奮發向上、克勤克儉，今天都有不錯的成就！

所謂「神龜雖壽，猶有竟時；騰蛇乘霧，終為土灰！」古往今來，無論功業彪炳的帝王將相，或坐擁金山華屋的達官顯貴，鮮少富過三代，甚至，「第一代鹽薑醬醋；第二代長衫拖土，第三代當田賣祖」。何況，「寵貓上灶、寵子不肖」，寵溺的結果，愛之，適足以害之。

今年，我的孩子高中畢業了，說來真慚愧，個人經過三十年的努力，迄今依然兩袖清風，將來沒有什麼可資助他成家立業，幸好自幼即要求他自立自強，灌輸他「吃苦如吃補」的觀念，相信能勇敢面對未來，憑著雙手開拓前程！

二〇〇四年八月二日

我該換電話號碼了

前些時電信局開放叫人叫號業務，正當大家享受台金「千里聲息一線牽」之樂，我家電話鈴聲卻因而日夜響個不停，寧靜的居家生活飽受干擾，幾乎到了夜夜無眠的境地！

因為，附近駐軍師部電話總機，與我家的電話號碼很接近，若前面的區域號碼不小心多按一碼，電話即撥進家裡來了，尤其，全師一萬多官兵及眷屬共用一個電碼，想撥進去要靠運氣，正因佔線機率高，唯一的方法就是不停地撥號，錯撥率可想而知，真是不勝其擾！

我據實向電信局申訴，所獲的答覆是與熱線為鄰，除非換號，別無辦法，可是，個人覺得若是一般民眾撥錯，尚且情有可原，問題是在電信局「一〇八」叫人叫號小姐一再撥錯，豈可要我承擔損害，因而向消基會求助，終獲主持公道，行文電信總局改善，經派員深入檢查，才發現是其中電子零件出問題所致，換修之後，惱人的鈴聲就消失了！

最近，家裡的電話，深夜又常無端響個不停，首先傳入耳膜的，一定是吵雜的歌曲伴唱，或吆喝呼六之聲，緊接著，才是找老闆聽電話的催促聲，因為，內人開店作生意，若由我客串老闆，實在一點也不為過，所以，每次有人電話中要找老闆，也就當仁不讓了，可是，若是識途老馬發覺「老闆」聲音有異，常連「對不起」都不敢吭一聲即掛斷，而有些大概是喝多了，或是包廂太吵雜不知道已打錯電話，會猴急地連聲催促：「叫查某啦！卡緊喔！」

天呀，曾幾何時，金門還是人讚人頌的「海上公園」，如今，能造福子孫的建設八字還沒有一撇，一些污染行業已悄悄登陸搶灘，很多人未蒙其利，反受其害！

所謂「五更早睏有著，卡好吃補藥！」像我們幹新聞編輯日夜顛倒，睡眠本來就不足，再無端受干擾，真是苦不堪言，而這回問題出在家裡的電話和酒店號碼雷同，只有其中二碼位子互換，不特定人深夜酒後一再撥錯，只能啞吧吃黃蓮，又能向誰申訴呢，看來，該去申請換號了！

一九九四年六月七日

揠苗不能助長

金門日報自發行以來，「浯江副刊」即廣受各界的喜愛，擁有龐大讀者群和辛勤筆耕的園丁；這些年來，提供熱愛文藝創作者良好的發表園地，因而孕育許多赫赫有名的作家，其中，有曾在戰地執干戈以衛社稷的軍人，也有土生土長的金門鄉親，如今，他們在國內文壇嶄露頭角，忝為報社的一份子，頗有與有榮焉的感覺！

因為，「浯江副刊」除提供全版篇幅，廣納各界投稿，同時，另闢有「小學生園地」、「中學生園地」等特刊版，讓小朋友和青年學生的創作文章，有發表的地方，更比照「副刊稿費核計標準」發放稿費，其目的在鼓勵學子多讀、多看、多寫，循序增進寫作能力，培養文藝幼苗，如此而已！

很可喜的現象，報社鼓勵小朋友寫作投稿的作法，深獲各級學校的認同與支持，許多學校還另訂有導師和學生獎勵辦法，也就是學生投稿獲刊登，學校另再發給同額稿費獎勵，成績優異的班級，導師也可獲記嘉獎，其目的和報社一樣，在鼓勵學生多讀、多看、多寫，增進寫作能力，用心良苦，實在不容懷疑！

因此，每天寄往報社的學生稿件，真如雪片紛飛，特別是「小學生園地」的稿件，在編輯桌上堆積如山，礙於版面有限，無法一一刊登見報，然而，若細看寄來的文稿，常叫人驚嘆不已，因為，很多文稿用詞遣字，運筆如行雲流水，順暢得令人驚嘆是神童再世！因為，那樣的作文水準，恐怕連大學畢業生都要自嘆弗如。值得一提的是，文稿還常是尚在唸注音符號一、二年級小朋友的傑作，甚至，一個班級還同時出現十幾個「文學神童」哩！

從前，有一個農夫，看到別人田裡的禾苗長得高又大，盼望自已的禾苗，也能長快一點，於是，他偷偷把禾苗拔高一點，結果，禾苗不但沒有長高，反而都枯萎死了，這就是「揠苗助長」的寓言故事。但願鼓勵學童投稿，屬於小朋友的園地，就應讓它永保天真無邪，老師不要為了績效嘉獎，或爭面子介入代為捉刀，切莫像揠苗助長的農夫才好！

二〇〇一年四月六日

「包二奶」的省思

隨著金廈兩岸「小三通」腳步逐漸放寬加快，金門的角色不斷搬上國內新聞舞台，諸如岸巡人員取締走私，引發衝突開槍事件，以及台北某週刊最新一期大篇幅報導「廈門二奶村，都是金門郎！」斗大的標題印在封面，陳列在書報攤上至為醒目，如此對金門負面的報導，在「兩門」未開之前，金門未蒙其利，早已先受其害，令整體金門鄉親臉上黯然無光！

其實，「包二奶」並不是什麼新鮮名詞，早在台商登陸之初即大行其道，人盡皆知，無庸費筆墨多加解釋，然而，媒體透過電子網路無遠弗屆傳播，圖文並茂，用橫跨兩頁的聳動標題，大篇幅報導金門人「樓頂招樓腳，來去廈門包二奶」，特別強調並非去經商，而是掌握秘密管道，只要四十分鐘，即能進入廈門，平均每月花個三、五千台幣在金嶺大廈「包二奶」。說得更直接一點，台商「包二奶」，只為撫慰孤寂心靈，生活上有個伴好照料，不得不爾，而金門人在廈門「包二奶」，卻是單純的「買春」行為！

當然，「食色性也，人之大慾存焉！」早在三千多年前，孔老夫子即把性看得和吃飯一樣的稀鬆平常，可是，該期週刊同時大幅報導，廈門火車站附近每到夜晚流鶯亂舞，整條街二、三百個流鶯阻街拉客，價格超低，比起台北萬華廣州街和華西街那些暗巷，可說是俗擱大碗！言下之意，似乎在暗示廈門色情問題嚴重，金廈一水之隔，且「小三通」已成為台商往返兩岸的捷徑，性病疫情令人憂心！

所謂「前事不忘後事之師」，大家如果不健忘的話，不久前，由於金門島上駐軍大量急驟撤離，海防形成空洞化，私梟乘虛而入，牛隻成群趕上岸，以致爆發「口蹄疫」事件，台、金兩地幾千頭偶蹄動物被撲殺，金門牛隻、牛肉遭禁止銷台，農戶損失慘重、欲哭而無淚。

如今，對岸廈門色情問題，嚴重性遠超過台灣地區，金門郎卻絡繹於途，該週刊實地採訪報導其中潛藏的問題，既使是有過度誇大渲染的嫌疑，但為防患未然，確實是值得我們正視與省思！

二〇〇〇年七月四日

官字兩個口

認真說，過去我是標準的「宋迷」，雖然，很多人罵他是「大內高手」，可是，我很同情有人為了勝選不擇手段，用「興票案」打擊他，尤其，特別欣賞他追隨經國先生「勤政愛民」的精神，「省長」任內三百零六個鄉鎮走透透，所以，當他競選總統時，把手中神聖的一票投給他，希望能當選帶領二千三百萬台灣地區的人民，再創另一個「經濟奇蹟」！

值得說明的是，近年來國內統、獨爭戰白熱化，台獨勢力明顯佔上風，何況，台教會曾公佈「台灣共和國」憲法草案初稿，明定台灣主權屬於原住民、客家、福佬及新住民四大族群，領土範圍僅及台灣本島、澎湖群島、附屬島嶼。而金門、馬祖地區的人民，得依公民投票決定其歸屬。

因為，金門是福建省，倘若真有那麼一天「台灣獨立」建國了，金門將何去何從？引起所有金門鄉親的關切與恐慌，所以，鄉親的選票十之八九都投給泛藍，用選票向台獨說「不」！換言之，泰半的金門人「挺藍」，目的是為捍衛中華民國，也為保住自己的基本生存權益！

然而，不久前當「宋仔」站在「真誠」字畫前簽署十點聯合聲明，過去他的「粉絲」簡直不敢相信，因而罵聲四起，大家看到的不是政黨和解、國家人民的利益，而是政治人物的善變，應驗了朱博士的名言：「政治是高明的騙術」！

事實上，中華文化博大精深，很多象形字造得非常傳神，淺顯易懂，讓人一目了然，甚而發出會心的微笑；君不見，「官」字，頭部被帽子蓋住眼睛，看不到事實真相，只剩下方兩個口，所謂的「官字兩個口」，許多當官的，常常說一套、做一套，也就不足為奇！

所謂「世事如棋局局新」，政治人物和商人一樣，沒有永遠的敵人和朋友，那裡有好處，就往那裡靠攏。諸如「李連」原本如膠似漆搭檔競選、「李扁」形同父子攜手護台灣，而「扁宋」曾為爭大位惡言相向，可是，曾幾何時，最佳拍檔形同寇仇；而水火不容者可經密會成心腹代傳話，政治人物言行騙騙騙、人格變變變，令人看得霧煞煞，能不慨嘆世風日下，人心不古？

二〇〇五年五月二十日

怎一個憂字了得

開春以來，除了「核四停建」爭議引發朝野攻防持續延燒之外，社會大眾矚目的焦點，不是經濟景氣亮藍燈，也不是「諾貝爾」文學獎華人首位得主高行健訪台，卻是日本「Ａ片女優」飯島愛旋風席捲全台，吸引眾人眼光！

的確，飯島愛所到之處，皆成為萬人迷，無分男女老少，大家爭著要求簽名、合照，透過媒體畫面傳播，台灣「哈日風」的真相，赤裸裸地呈現在觀眾眼前，特別是在「世貿中心」舉辦的國際書展，飯島愛以出賣靈肉的妓女故事，所撰寫的專書，大家蜂擁排隊購買、並爭著要求簽名留念，因此，短短幾天之間，印刷廠連續日夜加班趕印七刷，總計近十萬冊銷售一空，一時之間台北「洛陽紙貴」。相反地，炎黃子孫首位榮獲「諾貝爾」文學獎的高行健，同樣在國際書展場中，一位時代大文豪面前擺著得獎巨著，卻乏人問津，冷暖場面形成強烈對比，台灣庸俗文化水準，可見一斑！

其實，飯島愛出身日本ＡＶ界，三年內拍過近百部Ａ片，那天使臉蛋和魔鬼身材、以及淫亂放蕩模樣，著實令日本男人神魂顛倒，然而，這次來台灣，卻坦言臉蛋是經過人工手術隆鼻和雷射除紋，乳房更是植入矽膠豐胸的加工品，且不諱言最欣賞吃軟飯的男人。換句話說，一個蕩婦經過刻意包裝，竟能廣受台灣社會大眾歡迎，電子媒體更出動現場轉播車追逐，把她當成絕世美人捧上天，相對地，冷落「諾貝爾」文學獎得主，難道這正是「狗咬人不是新聞，人咬狗才是新聞」嗎？難道這就叫做「老鴇從良，一世煙花無礙」嗎？

當然，孔老夫子曾說過：「食、色，性也！」性愛陶醉，自古皆然，唯一不同的是，以前父母不敢說，老師不敢講，大家只能偷偷地看，現代人則是大聲地講，大膽地秀，如今，飯島愛的出現，台灣的社會價值觀，可能要顛倒過來看，中華民族五千年固有道統文化，恐將再次淪喪，能不引以為憂？

二〇〇一年二月九日

錯別字　鬧笑話

近些年來，台灣地區以「去中國化」為主流的教改團體掛帥，學生不再寫書法、升高中不考作文，只要懂得用鉛筆填寫答案卡，就能輕鬆上大學、上研究所。而且，許多學生迷失在電腦和網路世界，無論線上聊天或發手機簡訊，充斥諧音、符號和錯別字，大家見怪不怪，因而語文表達及閱讀能力愈來愈差，甚至，許多大學畢業生連自傳、或求職信都不會寫，令人嗟嘆！

自個人兼編副刊以來，深刻的感受到年青人的國語文程度江河日下，不僅屬於年輕朋友的投稿真如鳳毛麟角，實在是可遇而不可求，即使偶而收到，也常是詞不達意、錯別字連篇！

本來，個人覺得這是教改造的孽，長此以往，不僅學生不善表達思想和創意，五千年固有文化將淪喪，國家亦將逐漸失去競爭力！然而，日前，從報刊上讀到一則新聞，大陸江蘇揚州一位中文老師投書，並非為揭露社會的不公不義，而是痛陳自己就讀大學的兒子中文水平太差，在幫鄰人繕寫一份不滿百字的申請書裡，竟出現二十八個錯別字。因而慨嘆大學教育非文科生只接觸數字、公式，漢語基礎逐漸淡化，不但口頭或書面表達能力很差，閱讀和理解能力也日漸低落，甚而連最基本的行政公文、或一般日常應用文的寫法，也不能正確拿捏，將對未來的事業造成嚴重障礙。

其實，一個人的國語文能力基礎沒有打好，不但將影響個人的前程，平日生活之中，談話或寫字出現錯別字，亦常會鬧笑話！

相傳清朝大臣李鴻章有個遠房親戚，雖經多年寒窗苦讀，由於平日沈迷玩樂嬉戲，無心四書五經，但仍在父母的殷殷期盼下進京科考，可惜，進了試場面對考題，竟不知從何下筆，苦思不出好文句，最後，在試卷末端寫著：「我是李鴻章中堂大人的親妻。」希望讓主考官看在李大人的面子，能另眼相待；但其中「戚」寫成「妻」，音同字不同，錯得有夠離譜。監考官閱卷時發現那一行字，覺得好氣又好笑，提筆批註：「因你是李大人的親妻（戚），所以，不敢娶（取）也。」一字之錯，貽笑大方！

二〇〇五年五月二十六日

活得像自己

有一名導演為拍片劇情需要，希望尋找一名乞丐角色，他到台北車站前地下道，看中一個衣衫襤褸的街頭流浪漢，與他約定時間、地點，準備試鏡拍戲；流浪漢聞之雀躍不已，立即借錢去理頭髮、買新衣，高興得一夜未曾闔眼，隔天一早，依約趕去向導演報到，準備上鏡頭過過明星癮！

豈料，導演端詳半天之後，才恍然大悟，認出眼前衣著光鮮亮麗，刁著太陽眼鏡的中年男子，正是那個臉不洗、頭不剔的流浪漢，馬上揮手叫他回家。因為，他戲裡要的角色，是潦倒落魄的流浪漢，衣著光鮮亮麗的角色並不欠缺！結果，流浪漢只得黯然離去，不但錯失明星夢，還因而背負一身債務！

這個流浪漢明星夢破滅的故事，淺顯易懂，鞭辟入裡，說明一個人保持原有角色，不必虛偽矯飾趕時髦，才能活得像自己！

同樣的道理，金門終止戰地政務實驗，對外開放觀光，能吸引觀光客搭飛機來看的，是原有古樸閩南風味的金門、和極具神秘色彩的戰地。可是，這些年來，結束軍管放寬禁、限建，各地現代建築如雨後春筍林立，原有燕尾簷角和半圓馬背的紅磚屋宇日漸減少，尤其，放眼盡是鐵皮屋，傳統閩南聚落風味破壞無遺。

除此之外，海岸防護鐵絲網不見了，軌條砦遭破壞，軍營碉堡相續被鏟平，馬路濃蔭蔽天的「綠色隧道」不見了，取而代之的是平坦的柏油路面，兩旁矗立著整齊的電燈杆，日漸現代化的金門島，已找不到戰爭氣氛，也失去傳統的金門風味，那情那景，與台灣中南部鄉下並沒有什麼兩樣。

所謂「魚與熊掌不可兼得！」金門推展觀光事業，島上豐富的人文史蹟、和戰役遺址是最大的賣點，這些在別處看不到的，才是吸引觀光客的誘因。然而，金門要經濟建設，居民生活要現代化，軍佔民地要歸還，金門脫去軍事的外衣，改變戰地的風貌，就像那個衣衫襤褸的流浪漢，剔頭、洗臉和穿上新衣，失去原有的角色，恐將錯失大好機會！

二〇〇六年六月二十日

選賢與能

金門第三屆縣議員與第五屆鄉鎮長選舉，定今天早上舉行候選人號次抽籤，正式鳴槍起跑，揭開選戰序幕！

綜觀此次選舉，縣議員部份登記四十七人，將角逐十七個席次，鄉鎮長部份金城登記九人、金沙和金寧各登記三人，將各角逐一個名額，換句話說，落選的人將比當選的人多上好幾倍，競爭激烈可見一斑！

的確，政治乃管理眾人之事，大家熱衷參與，這是好現象，值得高興才是，然而，選舉是一項數人頭的君子之爭，其目的在選賢與能，為國舉才，雖訂有遊戲規則，可是，所謂「牆高千丈，擋的是不來之人」，因此，縱有詳盡的選罷法強力規範；也有檢、警、調虎視眈眈盯稍，可是，也只能防君子，不能防小人，因為，有人利用人性貪念的弱點，以財物賄賂買票，於是，「選舉無師父，用錢買就有」，競選經費動輒幾百萬、幾千萬，市井賢達無力負荷，真正有才德的好人不能出頭，選舉變成有錢人才玩得起的把戲，他們花錢買權，再用權搞錢，惡性循環的結果，最後吃虧的還是選民。

誠然，選舉的策略如同軍事作戰，有用高空轟炸、有用潛艦水下運行、有用坦克橫衝直撞、有用單兵攻擊，戰術因人而異，方法由人不同，因此，身為選民，務必保持清醒理智，不管候選人用金錢、用禮物，都不能輕易接受，除了可免誤蹈法網吃官司之外，更是一個人良知與責任的展現，決不能貪圖不義之財，而賤賣崇高的人格！

金門的選舉文化，原本囿於宗族關係和地域情結，及「買票、綁箱」惡名遠播國內外，只有上個月的縣長和立委選舉，堪稱是歷年來最乾淨的一次，可是，仍有那麼多賄選疑案被起訴，實是美中憾事。如今，縣議員和鄉鎮長選戰正式鳴槍起跑，但願大家能睜亮眼睛，珍惜手中神聖的一票，選賢與能，讓有才德的人為鄉親服務，才是金門之福！

二〇〇二年一月八日

畫餅不能充飢

金門自結束軍管以來，軍營紛紛撤除藩籬，為歸還「軍佔民地」，碉堡一座座被夷為平地，靠阿兵哥消費的商店門可羅雀，無不叫苦連天，引頸企盼能枯木逢春，重現生機！不久前，有一位總統搭檔參選人來金門，拜會宗親尋求支持，除了主張不自金門撤軍以外，更倡言要在金門發展高科技，這樣的消息，著實令人振奮不已！

的確，近年來台灣環保和勞工意識抬頭，加諸大陸提供廉價勞工和土地，並興建許多通用廠房，台灣中小企業只要把機器搬過去，立刻可以生產；因而像塊強力磁鐵，吸走台灣資金與技術，以致許多傳統產業，不是相繼出走，便是失去競爭力一敗塗地，唯有部份高科技產業能立足國際，不僅許多產品獨步全球市場，更為台灣賺進大把外匯。甚至，九二一台灣大地震，新竹科學園區大停電，造成美國電子產業缺貨，高科技類股票飆漲，台灣高科技產業在世界舉足輕重的角色，可見一斑！

然而，高科技產業是技術和資金的結合，二者缺一不可，絕對不是說做就做，就算已經投資設廠，也要經得起同業競爭，何況，金門對外交通處處受限，無論交貨或商旅往來，猶有許多難題待克服，換句話說，發展高科技產業，絕對不是開開玩笑，隨便說說就能克竟全功！

以前，政治是管理眾人之事，而今，隨著時代變遷，政治已成服務眾人之事，可是，卻有人認為，政治是一種高明的騙術，其間的差別，在於選民認同度的高低而已！

時至今日，金門駐軍銳減，市場生意一落千丈，面對未來，猶如「魚困涸澈，難待西江水」，若要擺脫困境，除了天助自助，更要靠外界援助。因此，我們竭誠歡迎海內外人士集思廣益，共同為金門的未來獻策，至於畫一個大餅在半空中，讓大家看得到卻吃不到的言論，姑且一笑置之，畢竟，來者是客，畫餅雖不能充飢，也能在心靈上獲得短暫的慰藉，只是，明年三月十八日當頭家的那一天，手中那神聖的一票，千萬不要蓋錯位置才好！

一九九九年十二月二十三日

善惡一念間

滿族入主中原二百九十五年，所建大清十三王朝以康熙、雍正、乾隆為鼎盛時期。其中，雍正上承康熙末年吏治腐敗、貪風四起、國庫空虛；繼位之後，勵精圖治，開創史上最勤奮的帝王典範！

其實，古有明訓：「上有所好，下必效焉！」雍正皇深知自己的言行，是文武百官的準繩，倘若不能躬身力行，而只靠一張嘴，將如何務實興邦國、治天下。尤其，自覺雖貴為一國之君，絕不可以萬能自居，對沒有把握的事情，不輕下結論頒諭。有一次，收到一件台灣事務奏摺，閱後認為其中有許多可取之處，但僅批示：「朕不知地方情形，不敢輕易頒旨。」於是，把奏摺轉給福建總督滿保，命其與提督、總兵等台灣事務官員共同商討推行；充分的授權，讓屬下發揮「三個臭皮匠，勝過一個諸葛亮」的功效。

根據史籍記載，雍正皇不但十分尊重屬下，即位的第一年，即頒發諭旨，行令朝中文武大臣每人寫一份奏摺，指出皇上的言行缺失，並批註：「挑出的錯哪怕不太合適，朕也不會怪罪，若以沒有根據的空話搪塞，則萬萬不可」。

事實上，皇帝居於寶塔之尖，擁有無限的權利；而權利就像一把高懸的寶劍，可以使人震懾、使人臣服、使人閉嘴、也可使人頭落地株連九族。相傳明太祖朱元璋當過乞丐式的和尚，所以，對「賊、光、生」等字很敏感，動輒大興文字獄；諸如有人在奏摺表頌：「天下有道，望拜青門。」朱元璋解讀為：「有道」即有盜，影射他是強盜；「青門」是寺廟，暗諷他曾是和尚。」此外，也有一份奏摺讚頌聖上：「光天之下，天生聖人，為世作則。」朱元璋認為：「生」者，僧也；「光」者，禿也；「則」者，賊也。可憐讚頌者被推出斬立決，還遭抄家滅族。

所謂「在局者迷，旁觀者清！」人往往看不到自己的缺失，且只喜歡聽讚美的話，厭惡別人批評糾舉，特別是一些權高位重的人，普遍自認「官大學問大」，能像雍正皇頒發御旨，要求身邊的人隨時糾正缺失，並勇於知錯能改，確是歷代帝王中絕無僅有，開明的作風流芳千古，為後人所崇敬！

二〇〇五年六月一日

鬼月，何懼之有？

最近，發生在民國八十三年的北市校園女老師命案，經過警方近八年鍥而不捨的偵查，終於宣布破案。兇嫌赫然只是十一歲和十五歲的少年，震驚全國。此外，黃姓嫌犯父親愧疚自責，召開記者會公開道歉後，竟仰藥以死謝罪，生命垂危！

據報導：兩嫌坦承行兇後，一起到學校附近的土地廟拜拜，並將偷自被害人車上的硬幣，丟入廟內「添緣箱」，發誓約定不能透露案情。可是，八年來殺害老師的夢魘一直揮之不去，半夜常夢到慘死的女老師索命，因此，胸前不時掛著大符咒，可是，神靈符咒似乎沒有發揮保護作用，反而讓他酒後吐真言，道出行兇案情而遭檢舉，終於難逃法網制裁。

是的！幾千年來，古老的中國人們崇天敬神，深信天有神、地有鬼，每個人舉頭三尺有神明，所謂「人間私事，天聽如雷，暗室虧心，神目如電！」每個人平日的一言一行，都赤裸裸呈現在文武判官面前，因果會輪迴，善惡到頭終有報！因此，諸如兩個少年殺害老師，犯下人神共憤的滔天大罪，雖到附近土地公廟拜拜，身上也常佩掛符咒，最後仍躲不過罪孽應有的報應。

其實，人世間有沒有鬼神，至今尚無科學定論，但是，可以肯定的是，只要平時不做虧心事，仰無愧於天、俯無怍於地，鬼神實在沒什麼好懼怕的！反之，如果平日專幹不公不義、傷天害理的勾當，縱然天天燒香拜佛，滿身佩掛靈符，可是，天理昭彰，古往今來放過誰！兩個殺害老師的少年，就是最好明證。

又是農曆七月鬼門開，孤魂野鬼重回陽間，民間爭相設宴祭拜「好兄弟」，然而，拜與不拜，繫於一念之間，正如古地城隍廟前牌坊楹聯：「居心正直，見我不拜又何妨，作事奸邪，盡汝燒香也無益」，因此，只要平日多種因緣、修福報，鬼月，實在沒有什麼好怕的，不是嗎？

二〇〇二年八月十五日

土水師驚掠漏

俗話說：「醫生驚治咳，總舖驚吃晝，土水師驚掠漏，賓館驚抓猴，討海驚風透！」意思就是三百六十行之中，無論那一個行業，從救人生命的醫生、出賣勞力的泥水匠、以及乘風破浪「鹹水潑面」的打漁郎，各行各業都會遇到棘手的麻煩事！

從前，古老的中國是個農業社會，號稱「三百六十行」，所謂的「敲鑼、賣糖，各為一行！」只要能吃苦、肯打拚，即能「行行出狀元」，這個道理五千年來家喻戶曉、婦孺皆知。事實上，關於行業，自唐代起，即有三十六行的記載，隨著歲月的遞嬗和工商業發展，演變至今街坊若要仔細劃分，恐怕不止三萬六千行，可是，人們仍習慣以「三百六十行」作統稱，大家見怪而不怪！

或許，從事報紙編輯，也該算是一種行業；坐上編輯檯之後，同樣會遇到棘手的麻煩事；譬如說，掌編正刊新聞版面，由社內訓練有素的記者供稿，文稿寫作有一定的規範和格式，遇到問題也很容易溝通。可是，副刊主編面對來自社會各階層的作者，素質良莠不齊，其中不乏經驗老到的作家，卻也有「投石問路」的初學者，尤其，來稿紛亂雜陳，有手寫稿、也有電子檔；特別是手寫稿，有筆劃工整、段落分明，稿面清清爽爽，讀起來令人賞心悅目，若是文情並茂，自是儘快安排版面以饗讀者；可是，有些來稿則是字體龍飛鳳舞，亂用標點符號、沒有段落，而且，前言不對後語，有時逐字逐句猜讀拼湊，仍不知所云，最後難逃割捨成為遺珠之憾！

當然，報紙是商品，讀者花錢訂購，負責守門的編輯有責任嚴加把關，因此，副刊主編面對所有來稿，並非來者不拒、照單全收，而是要審慎選稿，經去蕪存菁後擇優錄用。然而，部份有瑕疵的，若略作修飾瑕不掩瑜，仍有刊用的價值，特別是初學者一般都會多給予機會，但得動手刪減修飾，使其更完美呈現給讀者。換句話說，整修文稿是編輯無所逃避的職責，只是，有時修改一篇文章，正像「土水師驚掠漏」一樣，修理房子，比蓋新的還麻煩！

二〇〇五年六月六日

不要自找麻煩

民進黨執政之後，宜蘭人游錫堃一直身居要職，但他的名字，其中最後那個字，真不知困擾過多少新聞從業人員，因為，電腦輸入法無法直接打出那個字，於是，很多媒體工作者為搶時間，碰到那個字，乾脆以括弧打上方方土，因此，有一個糊裡糊塗的女主播也照稿播報，日前就發生這樣的笑話，怪不得身為總統府秘書長的游錫堃自我調侃，戲謔自己努力不足才不夠出名，連電視台的女主播，也把他的名字唸成游錫方方土，不知情的人，還以為他是日本人哩！

的確，中國文字博大精深，總計逾萬的國字，無論象形、指事、會意、形聲、轉注和假借，字字都饒富意義。而一個嬰兒呱呱墜地，為人父母的幫孩子擇字取名，起碼就有超過一萬個以上的選擇機會。而絕大多數的人，望子成龍成鳳、或大富大貴，男嬰取名金銀財寶福祿壽康，女嬰取名金玉美麗英珠蓮華，因此，一群男生走在前面，你若喊阿財或阿福，一定有人回頭；同樣的，一群女生走在前頭，你若喊聲阿珠或阿美，也一定有人轉身回應。

然而，也有人不落入俗套，將孩子取名臭濺、狗屎、或罔市、罔腰，甚至，以數字一二三來取名，長子名一，次字名二，既簡單明瞭，又長幼有序，不但好記，且好讀、好寫，方便自己，也不會困擾別人，真是兩全其美！

可是，也有不少的人幫孩子取名，真不知是有特殊的含意，或是要炫燿比別人有學問，專找冷僻艱澀難寫的字命名，孩子長大上學，比較聰明的老師第一天上課，普遍故意不點名，先偷偷瞄一下點名簿，瞧瞧是否有不會唸的字，否則，冒然唸錯，準會引起哄堂大笑！畢竟，沒有人能弄懂所有的中國字，何況，還有許多自創的怪字，一般人碰到不會唸的字，習慣上是有邊讀邊、沒有邊讀中間，畢竟，冷僻艱澀的名字，常常被人當面叫錯，該是多麼尷尬的事？

所謂「給人方便，就是給自己減少麻煩」，為兒女取名字，有逾萬的國字可供選擇，若讓人不會唸，電腦打不出字，必將帶來許多不必要的麻煩！

二〇〇一年五月十六日

我上法庭當證人

金門結束戰地政務實驗之後，依「安輔條例」辦理土地歸還，加諸開放觀光，房地產水漲船高，民眾爭辦土地登記擠破頭，兄弟因而反目成仇，族人互不相讓對簿公堂，甚至有很多人乘機混水摸魚，拉人頭蓋章當證人，絡繹於途想分一杯羹，目的都為分食「補辦土地登記」所有權大餅，令人感嘆不已！

當然，若原本是祖先產業，因戰備需要被劃入軍事用地，如今時過境遷辦理土地歸還，子孫依法補辦所有權登記，實乃天經地義，無可厚非之事，若垂涎土地大餅，以假證人辦理登記，形同宵小竊賊，法理難容，人人得鳴鼓而攻之！

日前，個人為已住超過廿二年的屋後籃球場、及兒童樂園出庭作證，因為，那塊原本是又髒又亂的狗屎埔，經鄉村整建成了狀元地，有人覬覦它的價值連城，暗中用整建前的照片，裡頭有鄰人的雞籠和水塔，央求住在外鄉鎮的親人作證，以「和平佔有」名目申辦土地所有權登記；本來，當地原住民認為土地既然作為公共設施，且為全村孩童唯一活動場所，也就樂觀其成，不想再辦理土地所有權登記，豈知有人別具用心，想獨吞中飽私囊，雙方僵持不下，各聘律師對簿公堂。

幸好，想以「和平佔有」的證據之中，有我們家棄置多年的鐵皮招牌，字跡清淅可見，足以證明土地非某人獨佔，加諸法官又出示多頁證物供指認，垂詢再三，原來，以前沒有全天供給自來水，各家戶都在屋後建水池蓄水，卻被照相據為當農耕灌溉水塔的證據；同樣的，家戶廚餘在屋後餵雞、養鴨的雜亂藩籬，也被拍照據以作為畜牧證據，幸好，及時當庭一一揭穿，遏阻一樁以假亂真的補辦土地登記詐騙案。

誠然，這年頭人心不古，過去「金厝墘，銀厝角」的觀念不復存在，不是祖先的產業，擺在眾人面前，也想瞞天過海蒙騙企圖登記據為己有，但願執法單位不但要明察秋毫，更要主動偵辦偽造證據的不肖分子，除此之外，國有財產局也應嚴守立場，切莫讓混水摸魚者輕易得逞才好！

二〇〇〇年八月三十日

重視水電供應

電力公司日昨因柳林路口外線施工，造成瓊林地區整個上午停電，遠從金沙、金湖各村里到瓊林買水的鄉親，望著賣水機興嘆！他們不辭勞苦，大熱天來回開四十公里的車程，為的是買一桶「好水」喝，多花些錢及辛勞付出，能換得一家人的健康，大家無怨無悔！

說實在話，同是自來水用戶，繳同樣的水價，卻不能享有同樣的「好水」飲用，提桶到瓊林買水的朋友相見，無不相視苦笑，大家默默排隊等候，若是碰到軍用大卡車「捷足先登」，他們一次常買幾十桶，排隊苦候半小時，也沒有人多發怨言，畢竟，部隊裡多得是咱們鄉親子弟，他們同樣需要喝「好水」，多等幾分鐘又算什麼呢？

然而，碰上停電，賣水機無法啟動，有人掉頭就走，一路罵回家；有人在那裡排隊等待，碰到這種沒電、沒水的窘況，不僅水廠挨罵，電力公司動輒停電，服務品質每下愈況，也令民眾怨聲載道！

事實上，這年頭假如沒有自來水、也沒有電力供應，日子簡直過不下去。因為，今天家庭生活電氣化，沒有自來水，不像從前農村社會，處處有井可取水；沒有電，甚至連飯都不能煮，更別說看電視、吹冷氣和打電腦了。而水和電卻相互關連，停電的時候，供水失去動力，常常因而停水，生活中沒水、沒電，造成民眾生活上的不便，可以管窺一斑！

這是一個以服務便民為導向的時代，電力供應，近來動輒停電、斷電，外線施工作業，時間上和方式宜善加考量，應把對社會大眾影響層面降至最低為考量，切莫只衡量公司作業方便，顯露獨佔事業老大心態，對民眾的怨言充耳不聞！此外，自來水在無法全面供應「好水」之前，水價是該考慮分級，而且，瓊林賣水站，不能因夜間影響附近居民安寧「因噎廢食」，應仔細評估有多少鄉親靠買水過生活，水廠應面對問題，找塊郊外公地興建賣水站，以滿足民眾需求，才是負責任的表現！

二〇〇三年七月二十六日

愛心不容冒用

小時候，我的頭比一般孩子大，村子裡一位宗伯常摸著我的頭：「頭大面四方，肚大奇才王」，另一嬸婆也常抱著我：「大頭珍珠頓，大面好抹粉，大腳尻好穿裙」，他們疼愛的意思是：「大頭，福氣啦」！

果然，從求學、成家、立業一路走來頗為順利，就算不小心遇橫逆挫折，也常常遇貴人相扶持，危機往往變成轉機，所謂的「打折腳骨顛倒勇！」甚至，在多次的節慶摸彩，幸運之神總長相左右，大獎經常落在我的頭上；唯一美中不足的是，有一次，由廠商贊助的彩品，竟是賣不出去的瑕疵品，帶回家之後故障連連，不堪使用形同一堆廢鐵。當然，這種沒有附保證書的贈品，經美化包裝，中獎人也該識趣，如何要求「如假包換」呢？

同樣的，「九二一」台灣中部大地震，全國各地愛心總動員，救濟品一車車湧向災區，令人感動。日前，一則報導指出，有一家廠商捐贈的電器，皆是老舊的淘汰機型，幾乎是一堆沒有用的廢鐵，不但發揮不了救災作用，反而為災區平添惱人的垃圾，而廠商卻大肆宣傳企業愛心無限，捐贈災區大批救濟品，獲得節稅證明，真是名利雙收！

其實，諸如此類欺世盜名的行徑，無獨有偶，並非凡夫俗子的專利，君不見，此次「某菁英盃」高球賽，就是打著賑災名義廣下英雄帖，號召各國好手來玩「小白球」，雖然，賑災義賣晚會籌募一千萬元，然而，為了這場球賽，光是球場整修花費即達五億元，不禁令人懷疑，若真有愛心，何不直接把那五億元捐給災民，何必勞師動眾呢？

所謂「政治是高明的騙術！」如今，天氣漸冷，很多的地震災民仍睡在帳蓬裡，而不知民間疾苦的達官顯貴，自己手癢想在綠草如茵的球場揮桿打小白球，為掩人耳目，竟冠以賑災之名義，這種行徑，比諸以愛心為名捐贈不堪使用電器的廠商，並不見得高明，不是嗎？

一九九九年十一月二十一日

不要當傻瓜

最近，喜歡看報紙的人有福了，因為，近日有一則新聞報導、與一則廣告，必定令大家怦然心動，為之雀躍不已！

其一：新聞報導——金湖市街有家私人診所開張營業，年輕的醫師不遠千里跨海前來金門「懸壺」，身兼「院長」，打出的診療項目，從內科、外科、兒科、婦科、皮膚科、……，什麼科都能看診，比諸神醫華陀能治百病，恐怕有過之而無不及！

讀這樣的一則新聞，著實令人振奮，畢竟，金門縣政府保送赴醫學院就讀的公費生，能取得一個專科就不錯了，令人氣結的是，有不少人學成之後滯台不歸，甘冒面對法律追訴巨額賠款、與道德良心譴責，也要在台執業。說得更明白一點，金門長期缺乏醫療人才，自己培養的公費醫生，都不願回到這個小島上，台籍醫師甘願離鄉背井前來，特別是號稱什麼病都能看的全能醫師，果真如此，能不令人感動！

其二：廣告——地區有一家證券業正式掛牌開張，在報紙上刊登巨幅廣告，聲稱聘請投顧老師跨海來演講，主題是教投資人「將一萬、變一億」，到現場聆聽者還有禮品相送，這樣「好康」的廣告，著實令股票族爭相走告，絡繹於途！

平情而論，投資股票已是全民運動，台灣地區有二千三百萬人口，股票開戶數超過一千萬人，扣除未成年人口，莫非全民皆在買賣股票？特別是近年來經濟不景氣，且房地產市場蕭條，失業率升高，游資無處消化，激化股市蓬勃發展，尤其，金門兵力驟減，市場凋零，閒錢無處投資，無不爭先恐後投入股海，據傳每月交割有十數億之譜，可惜，不諳門道追高殺低，賠錢者比比皆是，如今，有人要傳授「一萬變一億」的秘笈，然而，渡海前來的投顧「老師」，有錢自己不賺，還要公開讓金門鄉親當富翁，果真如此，金門人豈不都發了！

所謂「吹牛不犯法，輕信者是傻瓜！」鄉親朋友，有些事不妨多用腦筋想一想，對於誇大不實的宣傳或廣告，千萬不要當傻瓜才好！

二〇〇〇年四月十五日

兩性平權？

怪事年年有，今年特別多，各種光怪陸離的八卦緋聞事件充斥媒體，先有莉莉與小鄭，女大男小相差三十二歲的「老少配」；隨後續有「上將」傳情變，夫人跟「二等兵」跑了，也是女大男小相差三十幾歲的「老少配」；事隔不久，年輕的女軍中僱員與「上將」結婚，一夕之間躍升為「上將夫人」，不但成為大眾媒體追逐炒作的焦點，更淪為街頭巷尾人們茶餘飯後熱門話題！

其實，兩性結合，這是自盤古開天闢地以來，生物為繁衍後代，延續生命的前奏曲，一點兒也不值得大驚小怪，何況，姻緣本是天注定，紅線只繫有緣人，男女雙方只要兩情相悅，彼此看順眼願比翼連理，那怕是「王八看綠豆」，也是「爛鍋自有爛鍋蓋，蛤蟆自有蛤蟆愛」，他們自己喜歡就好，任誰都不能妄加干涉。再說，古往今來，「男人缺妻財無主，女人少夫身無主」，所以，兩性結婚，不但是人之常情，更是延續生命無可逃脫的職責。

從前，古老的中國封建制度，以男人為主的觀念根深蒂固，儒家道統思想深植人心，男婚女嫁，悉奉父母之命、憑媒妁之言，雖「駿馬常馱痴漢走，巧妻常伴拙夫眠」的事例屢見不鮮，也常被視為理所當然，反正，公開拜堂之後，男方可以休妻或納妾，女方就是不滿意，也得認命默默承受。

當然，以今天的眼光來看，昔日「寡婦守節」的情形很不人道，對婦女更是不公平，可是，放眼今日社會，多少人視婚姻如兒戲，動輒離異，留下破碎的家庭和無辜的稚子，為社會帶來許多難題。特別是印尼、越南和大陸新娘大量進口之後，許多喪偶或離婚的婦女，帶著孩子想尋找第二春，更是難上加難，雖說兩性平權愛情無國界，可是，這樣的婚姻制度，對待婦女又何嘗公平？

莉莉與小鄭的「老少配」，從開始就注定是齣時代悲劇，短暫的結合，旋即傳情變，當我們透過電視畫面看這齣八卦鬧戲之餘，或許應秉持哀矜莫喜之心，正視社會道統日益沈淪帶來社會病態問題，才是當務之急！

二〇〇一年七月二十七日

懷念倪阿嬌老師

編輯同仁大行兄偕夫人赴美旅遊，回來上班時，捎來在紐約與多位金門鄉親聚會，其中有一位是我的高中國文老師倪阿嬌。

話說民國六十年我唸高一，教國文的老師，是剛從師大國文系畢業的女老師，嬌小的個兒，一對烏溜溜的大眼睛，藏在厚厚的眼鏡片後，講課不但聲音宏亮，且國語發音非常標準，句句字正腔圓，極像一只銀鈴，非常悅耳動聽。尤其，講解古文觀止課文時，每節下課前，會抄一些古詩詞或名句在黑板上，如蘇東坡的「水調歌頭」、「念奴嬌」等等，引起同學高度興趣，爭相抄錄在課本裡背誦，因而教室裡時時弦歌不綴，雖然迄今事隔三十五年，然當年倪老師抄在黑板上的那些詩詞，仍能朗朗上口，記憶猶新！此外，倪老師也常推介好書，如陳之藩的「劍河倒影」、蔣夢麟的「西潮」等等，引領同學對文學產生濃厚的興趣。

或許，當年倪老師抄錄詩詞供學生背誦、與推介優良讀物，以今天的眼光來看，應是很可笑的事，但當年書刊雜誌奇缺，到圖書館借一本書，還要排隊等個十天半月，而今不僅印刷技術突飛猛晉，各種書刊雜誌充斥，且電腦資訊普及，應有盡有，令人目不暇給！

然而，今天的年輕學生朋友，有誰能體會三十五年前，金門還是烽火漫天、砲彈滿天飛的時代，島上很多地方仍沒有電，學生放學回家，家庭經濟環境好一點的，買得起腊燭，一般人只能點一盞小煤油燈照明。再說，當時，沒有電視，民間也不能有收音機，何況，皆係鉛字印刷，書刊雜誌少之又少，能撿拾一本軍中過期的「革命軍」、「文壇」、「文藝月刊」，即是最好的課外讀物。總歸一句話，當年資訊貧乏，與今天相比，真有天壤之別！

或許，高一能幸運由剛從師大國文系畢業的倪老師任教，讓我對國文產生濃厚的興趣。隔年，倪老師隨夫婿去美國，從此沒有訊息，直到同仁大行偕妻赴美旅遊歸來，捎來「倪阿嬌」老師的消息，剎那間，眼前彷彿一把時光利劍晴空劈下，當年倪老師上課的情景又重現眼前，忍不住又勾起了一段往日的回憶，因為，在我的心中，她是一位永遠值得感念的老師！

二〇〇七年五月十七日

跟著流行走

對一個喜歡爬格子的人來說，寫作投稿，嘔心瀝血的作品結集出書，坐收版稅，名利雙收，那是一生中最大的夢想！

小時候，我就迷上文學，特別是古典章回小說，更是愛不釋手，只要能拿到三國演義、水滸傳、封神榜等，即品讀再三；當時幼小的心靈，對作家能編撰那麼精彩的故事情節，崇拜得五體投地，私下還曾暗自立下宏願，希望長大後能和他們一樣，寫一本書讓大家看，該是多麼了不起呀！

當然，在讀書、寫作之路踽踽獨行二十餘年，如今，年逾不惑，華髮飛白，回首前塵，並沒有寫下什麼章篇，還好自知天資魯鈍，肚子裡實在沒有墨水，「作家夢」早已幻滅，心中了無掛礙！

其實，隨著大環境變遷，電子媒體興起，網路傳播無遠弗屆，傳統文學出版事業日趨式微，書店紛紛關門倒閉，取而代之的是滿街網咖，年輕人沈迷高科技影音聲光之中，文學作品乏人問津，報紙副刊改變形態，一些靠爬格子的作家，他們心血結晶並不值錢，老來貧病交加，其中許多沒有稿費收入三餐不繼，不少流露街頭靠賣刮刮樂維生，處境堪憐！因此，私下曾慶幸還好天資魯鈍，否則，科技高度文明之後，「百無一用是書生」，文科學生連煮字療飢的機會都沒有，日子怎麼過下去？

事實上，這年頭不去搞股票，鑽研理財賺錢術，還熱衷文藝寫作，不但沒有前途，既發不了財，也成不了名，甚至，恐有被譏為傻子之虞，可是，「三軍可奪其帥，匹夫不可改其志！」一個人仍深深覺得，工作餘暇讀書寫作，雖不能結集出書坐收版稅致富，也不能揚名立萬，卻依然樂在其中！

幸好，唸國中的小犬兒迷上電腦，自行摸索其中奧妙，也買書研讀汲取精髓，懂得上網和寫程式，同時，也教我打字、上網、收發信件、處理相片與製作簡報，並幫我架設個人的網站，讓我脫離「電腦文盲」，工作餘暇能使用電腦讀書、寫作和做許多工作，算是跟得上時代的腳步，無怨也無悔！

二〇〇一年十二月二十三日

撿彈片換午餐的童年

小時候，金門是戰地，砲彈隨時呼嘯而來臨空爆炸；自民國三十八年起，三十餘年之間，金門一百五十三平方公里的小島上，曾落彈九十七萬餘發，生活在砲火下，貧窮是一般家庭的夢魘！村子裡，學童只要長得有一支步槍高，即爭相報考「第三士校」當兵吃白米飯。可惜，我因發育遲緩身高不及格，只能留在家裡喝蕃薯粥。

當時，村子裡的小學仍借用祠堂上課，美援的麥片、麵粉和奶粉堆滿後廂房，雖然，饅頭有一股霉味，且常綴滿各種龜蟲；而熬熟的麥片粥上，也常漂浮著許多蛹，但是，同學們仍吃得津津有味，因為，那是每天能吃得飽的一餐，所以，大家常相互調侃：「吃蟲，才會做人！」

或許，天底下真的「沒有白吃的午餐」，儘管，麥片等均由美國援助，但蒸饅頭和煮麥片粥要柴火、也要人工費，所以，學生每人每月要繳交六元，數目雖不多，但仍有許多同學繳不起，因為，一斤鮮蚵賣一塊五毛錢，青菜一塊錢三斤還不見得有人買，扣除成本之後，一般農民家庭想賺一塊錢，真的很不容易！

幸好，「天無絕人之路！」每天徒步上學途中，必須經過一大片海埔新生農地，經東北季風吹拂，裸露泥土表面常出現砲彈爆炸後，散開的紅銅碎片，經長期氧化銹蝕呈現綠色狀，一路上只要用心尋找，都會有所收穫，每當賣「麥芽糖」兼收破銅爛鐵的小販一來，即可賣得好幾塊錢，湊足六塊錢後繳交級任導師，就能享用一個月的營養午餐！

過去，島上居民普遍以地瓜為主食，戰地司令官胡璉將軍目睹居民連烹煮地瓜粥的柴火都沒有，決定用向台省買酒的錢購買大米，鼓勵農民種高粱，再以一斤大米兌換一斤高粱，並興建酒廠製麴釀酒，使島上軍民喝高粱酒、燒高粱稈、吃白米飯，既解決百姓問題，也釀造出舉世聞名的「金門高粱酒」。

去年，金酒公司盈餘除上繳國稅四十餘億元，也提供縣府開辦多項社會福利措施，包括國中以下學童免學雜費，連午餐也免費供應！金門，曾因戰爭而貧窮落後，也因駐軍協助建設而進步，如今砲聲遠颺，島上居民生活普獲改善；只是，那一段砲火下窮苦的歲月，令人永難忘懷。

二〇〇六年六月二十五日

四維今安在？

記得唸高中時，糊裏糊塗被指派參加書法比賽，題目是「禮義廉恥，國之四維，四維不張，國乃滅亡！」雖然，那次比賽什麼獎也沒得到，但是，出自管子牧民篇的十六個大字，卻烙印在腦海深處，迄今揮之不去！

曾經有過幾次，我懷疑「國之四維」那十六個字，是否早已是不合時宜的古物，因為，每天打開報紙或電視，觸目所及的，並不是一個富而好禮的社會，盡是一張張不公不義、寡廉鮮恥的嘴臉，提倡心靈改革的人，卻滿口罵人的穢言，真是「教歹囝大小」；地震災民還在帳蓬挨餓凍，街頭有遊民餓死，卻有人動輒席開幾百桌，觥籌交錯，不知民間疾苦，怎不令人慨嘆！

此外，一個政黨的主席，飽嘗十幾年權勢威赫之後，弄丟政權猶不知恥，還回頭狠狠反咬黨一口，痛批是「外來政權」！反正，這年頭，是非早已不分，公理早已不存。君不見，幾個宮廷宦官跳樑小丑，喜歡在螢光幕前亮相，作威作福，看得快令人作嘔，我開始有點後悔參加那次書法比賽，讓「國之四維」烙印腦海，因而常為之血脈賁張，食不下嚥！

或許，這是個人少見多怪，不足掛齒，因為，自古以來，帝位傳承，除了堯舜能禪讓，傳賢不傳子，其餘的皆傳子不傳賢；而王位爭奪，成者為王，敗者為寇、為階下囚，甚至兵戎相見，血流成河，幾百萬人頭落地都不足為奇。如今，雖為講民主，權利之爭奪，美其名是數人頭，實際上是千方百計，無所不用其極在打破頭，方法雖不同，道理是一樣的！

曾國藩說過：「風俗之厚薄，繫乎一二人心之所嚮」，如今，報紙和電視每天傳播不公、不義的畫面給社會大眾，上行下效，風行草偃，長此以往，當年管仲把「禮義廉恥」，看作維護國家統治的是四根支柱，以禮義作為治國的基本思想、把廉恥看作人之價值標準，激勵著大家為正義、為自由、為尊嚴而前仆後繼，而今四根支柱斷裂或傾圮，能不令人憂心嗎？

二〇〇〇年一月二十四日

好心乎雷親

不久前，朋友捎來「伊媚兒」，說是從書刊上摘錄的小故事，敘述美國有一個年輕人到阿拉斯加打工，曾在山上聽到狼在哀嚎，在憐憫之心的驅策下，循著聲音找到一隻母狼，雙腳被捕獸器夾住，方知他的同事工餘兼捕獸販賣毛皮，但不幸在前一天，那位同事突因病被直升機送下山；因為，年輕人發現無法脫身的母狼，其腹部腫脹的乳房不斷在滴乳，想必生有一窩小狼，若不及時營救，母狼與小狼統統會餓死。

可是，被夾住的母狼怒目獰牙，若輕易靠近，必將被咬傷，於是，他四處尋找，果然找到狼穴，迅速將一窩小狼抱到母狼跟前吸奶，並將自己有限的食物分給母狼，藉以幫牠維持生命，夜間還在附近紮營守護。

起初幾天，年輕人只要靠近餵食，母狼仍獰牙舞爪防衛，直到第五天，尾巴才開始稍微搖擺，他暗忖已獲得母狼的信任，果然，又過了三天，母狼終於讓他靠近鬆開捕獸夾，當母狼獲釋的那一刻，還舔了他的手，才帶著小狼走開，並頻頻回頭遠望。

本來，在我的腦海深處，總覺得一些劣根性較強的人，譬如是好賭的，或是喜歡說謊言而無信者，絕對是「一歲生根，百歲著老」惡性難改。因為，過去曾太雞婆，好心並沒好報，反而曾遭反咬一口，因而對週遭的人事物，抱持「事不關己，最好少理」，可是，自從讀過朋友捎來的「伊媚兒」，深覺連本性兇狠的野狼，都能被愛心感化，何況人是「萬物之靈」，明禮義、知廉恥，所謂「精誠所至」，只要真誠相待，必能「頑石點頭」、「金石為開！」於是，我又對這個世界充滿著希望！

連日來，電視和報紙新聞爭相報導台灣南投有一老婦人，被飼養的母狗咬死，想想自己曾遭力荐入門的人反噬，頗有「好心乎雷親」的感覺，不由得慨嘆世風日下，年輕人急功近利，倫理觀念日趨淡薄，但比諸南投老婦，自己終究還算幸運，心裡也就寬慰多了。

二〇〇四年十二月二十九日

誰來當老闆

縣政府自行編列追加預算，辦理公開甄選一百位臨時人員，將錄取行政人員五十二名，清潔人員四十八名，在景氣低迷聲中掀起報名熱潮，總計兩天八百三十九人完成報名手續，其中不乏大專學歷，總體錄取率只有百分之十二左右，雖是待遇偏低的臨人員，惜粥少僧多，將有九成民眾失去機會，競爭激烈可見一斑！

的確，全球經濟景氣持續低迷不振，國內企業相續裁員或關廠出走，失業率節節攀升，引發抗議、自殺和搶劫的事件屢見不鮮，吃飯填飽肚子已成民眾最迫切解決的問題，遇有廠商徵才，動輒數千、數萬人報考，爭逐有限的名額，甚至錄取率還不到百分之一，大家擠破頭爭取的，只是養家糊口而已！

其實，企業為求永續經營，只能將本求利，唯有賺錢發放員工薪水，以及不斷投資研發提升競爭力，才能繼續生存。相反地，沒有效率的企業、和落伍的產品，將被市場所淘汰，特別是當前資訊發達，資金無國界，只有良好投資環境才能創造就業機會，而今，國內統、獨爭戰不休，投資環境日益惡化，台灣產業經營者不得不相續裁員關廠出走，加速失業率攀升，社會問題層出不窮。

當然，除了政爭導致投資信心不足，環保意識抬頭，動輒開單告發或圍廠抗爭，加諸周休二日縮短工時，基本薪資偏高，當老闆的還要為員工籌措退休準備金，以及勞、健保部份負擔，如果事業營運正常勞資盡歡，倒還相安無事，萬一產業被淘汰虧損，自己破產事小，恐怕還得面對連串法律刑責，總歸一句話，誰願當老闆？

所謂「道高一尺，魔高一丈」，很多老闆關廠出走，也不少老闆改計時論酬，因此，諸多保障勞工的條款，卻反而成為讓勞工丟了飯碗的主因，今天，失業人口不斷上升，與其用「戒急用忍」把老闆綁住根留台灣等死，倒不如逆向思考，回頭幫經營者找出一條生路，惟有有人願投資當老闆，才是解決失業的根本之道！

二〇〇一年七月十一日

土猴惡坑口

父親童年時期，金門還沒有開辦國民義務教育，窮鄉僻壤的農村，也沒有私塾可讀書識字；認真說，沒有上過學堂，就是標準的「文盲」。然而，一生務農的父親，雖沒有機會「知書」，卻很能「達理」，除能自製耕稼農具，也善於養牛餵豬，且對於作物害蟲生態，亦能觀察入微。

譬如說，小時候，例假日或寒暑假，與弟弟們都要幫忙田間農事，採花生、摘玉米、拔大豆、和撿地瓜等等，尤其是夏天，很容易在田裡捉到蟋蟀或土猴把玩。而父親就曾鼓勵我們：男孩子不要畏畏縮縮，應該學學蟋蟀，要抬頭挺胸，擁有雄壯威武的氣慨，有幾分實力講幾分話，千萬不能像「土猴惡坑口」，只有一張虛張聲勢的破嘴！

原來，蟋蟀和土猴，外型極為近似，差別在於蟋蟀鳴聲激越，善於打鬥，而長相近似蟋蟀的「土猴」，吹牛擁有十八般武藝，實際上是「無三小路用」，只會毀損洞口週遭的農作物，因而留得「土猴損五穀」的罵名！

其實，蟋蟀和土猴，主要以植物的嫩芽、嫩葉及果實為主食，常趁黑夜出沒覓食，作物幼苗常被從根莖咬斷飽餐，對農民而言，兩者皆屬害蟲。然而，蟋蟀又稱「促織」或「蛐蛐兒」，夏天夜裡的鳴聲，是最佳的天籟組曲，有詩云：「蛩鳴古砌金風緊，蟬噪空庭玉露生，莫謂微蟲天意識，秋來總作不平聲！」其中的蛩和微蟲就是蟋蟀，而且，天生俱備優質的相撲技巧，如明朝鬥蟋蟀風氣興盛，甚至連皇帝也經常和宮女、太監一起伏地，為蟋蟀比鬥加油吶喊，明載史書。因此，人類看到蟋蟀的優點，也常忘卻是農作的害蟲。

回首前塵往事，離開農村三十餘年來，不曾再接觸蟋蟀和土猴，但是，人海浮沈，卻看盡人生百態，真的有人像蟋蟀，有幾分實力講幾分話，腳踏實地勇往直前；相反地，也有人愛耍老大，只有一張會吹牛的嘴，吹噓十四歲在永和當角頭、二十歲西門町當老大、調查局裡一堆同學，什麼事一句話可擺平，動輒對員工開除、或記過，任誰來講情都沒用，把自己說得比皇帝還偉大，可惜，畢生積蓄四、五百萬被騙走，臨陣卻拿不出一招半式，就像「土猴惡坑口」，讓人看笑話！

二〇〇六年五月十七日

平時要燒香

年底縣長和立委大選的腳步愈來愈近了，距投票日只剩廿多天的光景！

連日來，隨著選情逐漸加溫，平淡的生活也跟著忙碌起來，不但平白增加許多不速之客的造訪，也常接到一些拜託的電話，門口信箱更是常塞滿名片文宣，然而，對於日夜顛倒的「夜貓族」，最惱人的莫過於高音貝的候選人廣播車，一大早就在大街小巷喊個不停，一遍又一遍反覆重播，最是擾人清夢！

的確，民主社會選舉之可貴，在於候選人站出來之後，就得赤裸裸接受選民的檢驗，不僅個人平日的言行，甚至，連祖宗三代有什麼狗屁倒灶的舊帳，也要被掀出來在陽光下曝晒，任何的瑕疵，都難逃嚴苛的批判；何況，有許多是捕風捉影，蓄意醜化、抹黑的手法，在在都是為求勝選的伎倆。

說得更具體一點，金門實在太小了，大家出門相見，入門也相見，尤其，中國人講宗族、論姻親，彼此之間可能五百年前是一家，也可能牽來牽去是三千里的表親，認真說起來，若不是親戚，也是同窗舊識，任何瑕疵都將無所遮掩或遁形。因此，想要在選戰場上爭得一席之地，獲得選民認同，就要靠平日種因緣、修福報，涓滴匯聚成一股擋不住的人氣，才能獲得選民的認同。

當然，所謂「選舉無師父，用錢買就有！」但是，選舉買票犯法、賣票也有罪，檢警調人員嚴密盯梢，被抓到就要去坐牢。因此，候選人想贏得勝選，基本上是要靠實力，絕對不是平時作威作福，只顧私利，寒酸吝嗇不作公益，投票前夕插些旗幟，弄個廣播車就能騙選票，更不是平日傲慢高不可攀，選前扮笑臉「半路認親家」就能當選！

事實上，一個人無論參不參選，平時為人處事，「七尺槌應留三尺後」，凡事應留餘地，存善積德，所謂「天助自助」，想立足社會功成名就，平日應時時做好事，處處做好人，幫助別人，等於幫助自己，平時要多燒香，否則，臨時抱佛腳也來不及了！

二〇〇一年十一月六日

就從今夜起

金門第三屆縣長選舉，六位候選人經過十天公開競逐，昨晚十時正式鳴金收兵，今天上午八時至下午四時，三萬九千九百九十一位縣籍公民，將分別在三十八個投票所投下「神聖的一票」，選擇心目中理想的縣長，大概在傍晚時分，金門第三屆新科縣長將正式出爐！

根據縣志記載，金門蕞爾小島，論地不足為縣，歷代均屬同安管轄，民國四年才開始設縣。民國三十八年「古寧頭大戰」一役之後，「國、共」兩軍隔著金廈海峽重兵對峙，金門實施軍事管制區，隨後，又改為行政公署，四十二年恢復縣治，四十五年實施「戰地政務」實驗，島上軍民在「金門防衛司令部司令官」一元化領導下，縣長軍派，直到民國八十一年終止「戰地政務」實驗，縣長改為官派，民國八十二年回歸民主憲政，正式舉行首屆縣長民選，本次已是第三屆縣長直接民選了！

觀諸這次選舉，表面上，很多人態度很冷漠，口口聲聲表示不願介入，其實，台面下暗潮洶湧，競爭空前激烈，特別是宗族對立、派系分明，各種耳語和謠言滿天飛，似是而非、真假難辨，一片霧煞煞，使原本純樸的島嶼，似乎成了殺戮戰場，令人眼花撩亂，無所適從，不得不感到憂心不已！

其實，候選人為求勝選，在競選遊戲規則裡，「八仙過海，各顯神通」，使用奇招異術擊倒對手、博取勝利，那是民主常態，實不足以大驚小怪，只是，金門實在太小了，六個候選人，終究有五個人要落選，激情之後，但願不要因選舉恩怨而破壞地方團結才好！

誠然，民主的可貴，在於少數服從多數，選舉是數人頭，君子之爭，因此，勝者應「有容乃大」，化阻力為助力；輸者亦應自我檢討，再接再厲，尋求下次東山再起的機會。但願今天傍晚新科縣長出爐之後，就從今夜起，大家捐棄前嫌，化解選前敵對的立場，大家和衷共濟，為建設金門同心協力，才是金門之福！

二〇〇一年十二月一日

金門視野來去

拜讀同仁彼言兄「紀錄宗教之美」一文，內心既感且愧，因為，他是以自費購置昂貴的數位相機，深入鄉間田野、溪澗海邊，拍攝金門之美，豐富「金門視野」版面，深獲許多讀者的喜愛與迴響！

坦白說，當初會開闢以攝影為題材的專刊，是在一次邀約副刊稿「無心插柳」的情況下萌芽。因為，有一位喜歡攝影的文友說：「文稿暫時沒有，倒是有幾張照片，要嗎？」當時，我不加思索地回答：「很好，讓我們來開闢一個攝影天地！」或許，我也算是攝影玩家，曾從事專業照相十幾年，玩過各式各樣的相機，略知用筆和鏡頭，同樣可以記錄金門的歷史、和傳播浯島之美！

回到報社之後，立即與畢業於國立著名大學，擁有繪畫、設計天分的編輯「彼言」兄研商，獲得支持與認同，決定劍及履及，拆除原有的「影劇專刊」，改成「金門視野」，希望喜歡玩相機的朋友，一起把用鏡頭捕捉的成果與鄉親分享！

因此，屬於攝影的「金門視野」專刊，很快地與讀者見面了，豈料，當初要提供相片的朋友卻「黃牛」了，或許是黑白印刷，無法完全展現鏡頭下之美，失去應有的誘因，在稿源短缺的情況下，多虧「彼言」兄不惜斥資自費購買攝影器材，常常獨自深入鄉間田野、溪澗海邊，守候飛鳥棲息或展翅、以及昆蟲生態，拍攝金門之美，再描繪場景意境與製作標題，構成一整版分享讀者。

值得說明的是，利用公餘時間，用自己的器材製稿成版，既沒有稿費、也沒有加班費；此外，記者大行兄為了採訪，也不惜花十幾萬購買相機和鏡頭，而且，消耗品或維修也全自掏腰包，「私物公用」無怨也無悔！

然而，個人算是他們的上司，不但無法提供器材，甚至，連幫他簽記一次嘉獎，僅是「秀才人情紙一張」，也屢遭人事部門阻擾無法如願！所謂「良禽擇木而棲」，在沒有好的工作環境下，「彼言」找到更能發揮才智的地方，當徵調函來時，個人雖百般不捨，卻也只能獻上衷心的祝福，「金門視野」版面也隨著回到原點！

二〇〇六年六月七日

拒當白老鼠

金門地區國中九分制「五年自學試辦方案」，隨著今年高中、職招生分發後落幕，可憐的莘莘學子，在充任「試驗白老鼠」之後，留下一串令人質疑的試驗結果！

所謂「九分制自學方案」，即國中生在學成績每班成金字塔型，九分為最高分，其壘疊最底層為二分；在學成績佔升學成績百分之七十，聯考成績只佔百分之三十，其目的是希望讓學生五育並進，但是，五年試辦下來，問題一籮筐，學子何辜？

首先，在學成績佔七成，比重過高，又有許多加分配套，極易為某些特定學生大開方便之門，同時，對一時貪玩、或其它外在因素，造成在學成績中落，想回頭或補救，即使聯考努力成績不錯，也只能徒呼負負！因為，以今年為例，重考生不計在學成績，聯考二百六十分即可上高中，可是，應屆生加計在學成績，雖考三百多分，仍被拒於門外，這樣的考試招生制度，公平嗎？

其次，教育的目的，在於使學生敦品勵學，培養高尚人格，可是，金字培型的九分制，大家爭先恐後要往上爬，只有踏著別人的肩膀，或擊倒對方，比方說，同學間課業有問題，張三問李四，李四絕對不能告訴他正確答案，因為，「對別人仁慈，就是對自己殘忍」，當別人多懂一題，自己就多一份被淘汰的機會。

再者，假如甲生錢財或文具掉落地上，乙生發現了，不能直接叫甲生撿起，要趁大家不注意的時候偷偷撿起，趕快送去訓導處招領，才能獲得「拾物不昧」記嘉獎，可以在成績上增加點數，有助往「九分制自學方案」的金字塔頂尖爬。換言之，學生為求分數，將養成自私自利的人格特性，而且，大環境使然，為了升學，家長也會認同孩子的作法，長此以往，積非成是的結果，中華民族五千年固有傳統美德將淪喪，這就是教改的目的嗎？

如今，地區試辦「九年制自學方案」，結果證實問題一籮筐，因而無疾而終，金門學子不幸淪為「試驗白老鼠」，但願這是最後一次了，千萬不要再把離島當作教改實驗區才好！

二〇〇〇年七月十九日

觀心觀光

有一位台省退休教師，閒來無事逛市場，不經意間發現一個肉攤上掛著一塊木板，上面寫著「金門三天兩夜遊，三千六百元」，他滿腹狐疑，心裡嘀咕著：「怎麼會那麼便宜？俗物無好貨！」

於是，繼續閒逛，忽然，他想起當年金門發生砲戰，很多金門人舉家遷台，他教過一些來自戰地金門的小朋友，曲指一算，已整整過了四十個年頭，很多學生的名字，還清晰烙印在腦海裡，如果有機會和他們見見面該多好，想到這裡，他立即踅回到肉攤前，仔細一問，真的到金門玩三天兩夜，包括來回機票才三千六百元，而且包吃、包住，當下毫不考慮地繳了錢，坐上飛往金門觀光的班機！

很幸運地，在飛機上與鄰座金門籍旅客閒聊，他說出幾個當年教過學生的名字，如今都在金門政、教界嶄露頭角，名字都很響亮，因此，下了飛機很快找到闊別四十年的學生，大家一呼百應，人人爭著招待老師，想不到原本睡五人一間、吃大鍋飯的隨團觀光，被學生請進自己經營的「高級套房」，吃道地的金門海鮮，喝超過三十年的陳年金門高粱酒，難怪直呼不虛此行！

其實，「天地君親師」是謂五常，嚴師出高徒，幾個金門學生個個都很有成就，有事弟子服其勞，久別重逢善盡地主之誼盛情招待，乃人之常情，委實不足以大驚小怪，倒是旅行社招攬三天兩夜金門遊，才收三千六百元，包括來回機票和食宿，他們到底要賺什麼，其中隱藏的問題才值得關心！

畢竟，台金航線來回機票，就要三千多元，就算能拿到對折機票，所剩的銀兩充作食、宿之用，又能有多少利潤？換言之，經濟不景氣，旅行業者削價競爭，在無利可圖的情況下，提供劣質服務，惡性循環的結果，金門觀光旅遊業還有明天嗎？但願主管單位能動動腦筋，輔導謀求因應之道，萬萬不能坐視業者惡性競爭自相殘殺，金門無煙窗工業才能永續經營！

二〇〇一年四月三十日

臨危不亂

大約廿年前的一個早晨，我騎著摩托車到報社上班，正當減速滑行夏興斜坡的當兒，迎面左邊車道一部機器馬達三輪車，非常賣力的在爬坡，吐出一陣濃濃的白煙。

本來，機器馬達三輪車，大都用在載運待宰的豬隻，或從屠宰場載出擘成兩半的屠體進入市場，車子發動上路，不但隆隆的馬達聲至為吵雜，且一路上豬隻哀號聲不絕於耳，甚至，豬屎、豬尿和血水四處飛散，又髒又臭，鮮少人願接近，也很少人願多看它一眼。

然而，大清早迎面相遇的機器馬達三輪車，後車斗不是站著孔武有力的屠夫，而是站著兩個阿兵哥，草綠服沾滿血跡，顯得非比尋常。於是，我驚奇地立即踩住煞車，回頭去瞧個仔細，乍見後車斗上，用已被鮮血染紅的棉被，蓋著疊在一起，至少有十幾二十具也穿草綠服的屍體，令人怵目心驚！

事後根據內情人士表示，在金西守備區的軍營，來自東台灣的山地充員戰士，小學沒畢業輟學，服兵役抽中「金馬獎」來到金門，每週四上莒光日，課後依規定要寫心得報告，由於識字不多寫不出來，眼看著就要去關禁閉了。於是，連番央求同袍代寫，不但沒人願幫忙，大伙兒還嘲笑他。

由於長期離鄉背井心情苦悶，加諸台、金電話不通，也不會寫信回家訴苦，按捺不住心中的氣憤，趁全連官兵用早餐時輪站衛兵，持槍瞄準餐廳門口瘋狂掃射，把身上的彈匣打完後，才用預留的一發子彈自戕。當時，沒有經驗的新兵菜鳥，聞槍響拚命往外衝，結果非死即傷，而比較有經驗的軍士官「臨危不亂」，聞槍聲立即就地臥倒，最後統統逃過一劫。

雖然，我曾在醫院工作，也曾有一段蠻長的時間在X光室當助手，目睹許多遭砲彈炸斷手、腳的急救傷患，面對血淋淋的情景無所懼怕，但是，上班途中所見的機器馬達車爬坡的情景，卻最令人膽顫心驚，二十年來未敢輕易對人言起。如今，事過境遷，砲聲已遠颺，戰地軍管成過眼雲煙，不復記憶！

二〇〇六年六月二十日

保存戰役史蹟

前些日，兩位在南洋受過高等教育的親戚翩然返鄉，踏上他們血脈相連、卻十分陌生的土地，因此，陪他們在島上到處走走，看看故鄉的風土民情，略盡地主之誼，實乃人之常情！

說真的，幾年前金門結束軍管，觀光客蜂擁而至，爭相前來揭開戰地神祕的面紗，當時，經常要幫忙訪客張羅機票，更要客串司機兼導遊，陪他們金門到處走透透，記憶裡，觀光業者爭食大餅，紛紛挹注大把資金，全新的遊覽車絡繹於途，到處呈現一片欣欣向榮，很多人額手稱慶，金門結束長期軍管梏桎，脫掉緊箍咒，土地暴漲，經濟就此起飛，金門人都要發了！

然而，曾幾何時，此番再次全島走透透，卻令人打從心底黯然神傷，因為，金門可供參訪的景點本來就不多，能讓訪客流連忘返的更是少之又少，除了馬山、湖井頭可供眺望故國河山，以及砲聲遠颺、硝煙散去留下的「古寧頭戰史館」和「八二三戰史館」，能讓訪客駐足憑弔，其餘的，似乎沒有什麼可讓觀光客流連忘返。

除此之外，許多戰役史蹟景點，不知是缺乏經費？或沒有專業管理人員，諸如位於榕園的八二三戰史館，稱得上是金門的精神象徵，每位中外嘉賓必訪之地，但館前的飛機、大砲等陳展武器，卻鏽蝕斑斑呈現在訪客面前，怪不得兩位走過很多國家，首次返鄉的華僑不解地頻頻詢問：金門走過烽火歲月的戰役史蹟，極具獨家賣點，為何不多加經營利用？

說實在話，金門值得看的景點，除了豐富的閩南傳統建築，其餘的，就是戰爭留下的痕跡，尤其，當前戰爭型態已完全改變，飛彈可以直接打上大氣層，再透過雷射導引瞄準幾萬公里外的目標，誤差只有幾公尺，所以，金門已不再是最前線，駐軍撤走之後，所遺留的戰役史蹟，宜妥善保存，讓金門精神有尊嚴地呈現在訪客面前，為觀光產業加分！

一九九九年十一月七日

童年歲月

每次從電視新聞畫面，看到施工挖出銹蝕的未爆彈，不但軍方防爆小組立即趕至現場拉起封鎖線，全付武裝如臨大敵，媒體也跟著拍攝處理過程，彷彿是剛剛發生警匪槍戰，歹徒扔了未爆手榴彈似的，私下總覺得是少見多怪！

然而，每次看到「金門王」載著墨鏡，背著吉他彈唱「流浪到淡水」，心頭卻不自覺打個寒顫，慶幸自己沒那麼倒楣，否則，下場恐怕比他更慘，應該不只是流浪到淡水而已，極可能是粉身碎骨、或到「蘇州賣鴨蛋」！

的確，出生在金門烽火漫天的年代，窮苦的童年歲月，不但房舍田園毀於砲火，甚至、連耕牛都被砲彈炸得血肉橫飛，身首異處。可是，每次砲彈落地之後，村民卻爭相撿拾砲彈片，因為，彈片粗鋼一斤一毛錢，繞在炮彈鋼胚外的那圈紅銅更值錢，每一斤有十塊錢之譜，正因鋼與銅價錢相差百倍，所以，很多人都將撿回來的砲彈，不管是否已爆炸，都想盡辦法將砲彈上的紅銅敲下，因而被炸死、炸傷的不幸事件，層出不窮！

其實，那個時候，對岸打過來的砲彈滿天飛，不僅地上觸目都有砲彈片，隨時可以撿拾賣錢、或換麥牙糖解饞，甚至，上學的途中，也常可撿到國軍演習遺失的手榴彈、子彈或步槍刺刀，帶去學校交給老師，都會獲頒獎狀。

曾經，對岸「單打雙不打」的宣傳彈，飛越海峽來到金門上空之後，落地時僅一聲爆炸聲，且威力不大，頂多在泥地或建築物炸出一個洞，即使彈頭鑽進地裡，也很容易挖出，每顆值十幾塊錢。

後來，共軍打過來的「宣傳彈」，突然更新彈藥，打出砲口傳來巨響與閃光不變，但臨空落地前，又多出一爆炸聲，成為雙響砲，有一天朝會，訓導主任轉達「金防部」的通令：誰發現未爆雙響砲彈，獎償一千元，相當於教員一個多月的薪水。果然，所謂「重賞之下有勇夫」，幾天之後某日清晨，有一位同學就抱著一顆該型未爆彈進教室，很多同學以羨慕的眼光圍著撫摸，一點也不覺得危險，雖事隔近四十寒暑，但那情那景，至今仍縈繞腦際、歷歷如繪！

二〇〇一年十月十九日

順應時代潮流

金廈兩岸因軍事爭戰隔絕五十年，藉由「小三通」恢復文化與經貿交流。前些日，對岸晉江市來金舉辦商展。由於兩岸文書認證作業延宕，幸「東碇號」緊急直航載貨，三百箱合法民生用品漏夜上岸，終於順利如期開展，這不僅是「小三通」又向前跨出一步，也是兩岸貨物中斷逾半世紀，重開啟動交流新里程！

當然，這一次商展，事前廣告造勢，媒體報導宣傳，以及會場佈置美侖美奐，氣宇非凡，很多人在好奇心的趨使下，扶老攜幼擠進「小巨蛋」，可惜瀏覽一圈出來，普遍大失所望，因為，攤位上的貨品比菜市場地上攤販還少，怪不得很多人乘興而去，空手而歸，實是美中憾事！

的確，這次商展原本規劃只展不售，沒有充分準備貨源，加上一些酒類、食品尚未開放進口留在碼頭，會場才會顯得空蕩冷清，實有瑕疵非盡善盡美，但已盡最大的努力，豈能多加怪罪？

平情而論，近些年來，駐軍因實施「精實專案」大量撤離，原本「三步一崗、五步一哨」的海岸防衛突然空洞化，對岸小額貿易船登堂入室，如入無人之境，以致滿街大陸貨，嚴重打擊地區農畜漁業生存空間，日積月累單向吸取我們的金脈，加諸駐軍銳減，市場百業蕭條，想賺一塊錢都很難，此番大陸民生商品前來展售，其價格較低，著實令相關業者引以為憂！然站在「縣商會」的立場，既要照顧業者，也要貨暢其流，繁榮兩岸經濟，想要順姑情，可能將逆了嫂意，實在很難兩全其美！

綜觀此次「晉江商展」，姑不以成敗論英雄，單看「縣商會」的拚勁就叫人折服，他們上下一心，主動積極突破當前困境，開創新局的精神，深值許多坐冷氣房按月領薪的公務員效法學習，再者，經濟自由化，優勝劣敗，適者生存，金廈通商經濟融合，已是擋不住的時代潮流，地區商家應盡早摒除過去那種關起門來做生意的心態，求新應變，才不致被時代所淘汰！

二〇〇一年九月五日

急振急診

中央健保局官員抵金拜會縣政府，針對離島醫療問題交換意見，咸認將急重症病患前送廈門、或後送台灣都不是辦法，因為「靠人不如靠自己」，應全力提昇金門醫療水準，才能真正徹底解決問題。

的確，人吃五穀雜糧，任誰都會生病，特別是「天有不測風雲，人有旦夕禍福」，一個人前一秒鐘活得好好的，沒有人敢保證下一秒鐘，是否會疾病突發或大禍臨頭，所謂「人命關天！」急重症病患之急診救治，實是分秒必爭，其間不容稍怠遲緩或任何差錯，畢竟，金門地處離島海隅，醫療硬體設施先天不足，醫事護理人才更是嚴重缺乏，生活在島上的人，繳同樣的健保費，生命卻比台灣大都會的同胞較無保障，因此，除了要落實「預防勝於治療」，平日應多注意自身保健，其餘的，恐怕只能相信「生死由命，富貴在天」，自求多福了！

當然，金門醫療不足問題存在已久，並非始於今天，所以，早在三十年前，縣政府就訂醫師養成計畫，每年從金門高中甄選應屆生，公費保送至醫學院就讀，十年間總計保送二十五人，可惜，有中途退學的、有學成滯台不歸的，真正能回來服務的已打了折扣，而且，部份服務年滿離職、部份轉任行政工作，真正還留在第一線擔任診療工作者，寥寥可數，尤其，實際參與夜間輪值急診者，更是少之又少。雖然，已有「三軍總院」承作派醫師支援，但是，以超低價搶標的結果，能派來名醫嗎？畢竟，一個在教學醫院受過「專科」訓練的醫師，在台灣本島早已成搶手貨，有誰心甘情願要來離島值夜？

其實，今天金門對外交通日漸發達，班機往返頻仍，白天，各鄉鎮都有衛生所，且街上到處都有「專科」診所，傷、病患經初步急救，再後送台灣大醫院，大抵都不成問題，當務之急，是要加強夜間急診醫護人員之水準與陣容，值班大夫也應在急診室待命，過去須等病患家屬按鈴，才起床穿衣姍姍來遲的作法，大概已經不合時宜了！

二〇〇一年五月八日

事事關心

自從開闢「言論廣場」版之後，引起各界熱烈地迴響，來自四面八方不同的聲音，相互交會激盪；在這以民意為導向的時代，不僅替民眾心聲打開一扇大門，同時，也為政府施政廣納建言。

由於屬於公益投書，來稿刊出並不致稿酬，因此，每次處理來稿，常常要被感動得熱淚盈眶，因為，在這金錢掛帥、功利主義盛行的社會，這個島上人間有愛，不論在市街，或在鄉村，許許多多有血性、有良知的鄉親，他們時時關心周遭的人、事、物、勇敢地挺身而出，為大眾利益仗義執言！

說真的，自古以來，中國人「自掃門前雪，莫管他人瓦上霜」的觀念根深蒂固，牢不可破，太多的人抱持明哲保身的處事態度，事不關己，最好少理，沒有人願意「出頭者損角」，去吃眼前虧，於是，人與人之間，彼此戴著假面具，明著恭維喊萬歲，暗地「訐譙」下毒手，結果，社會上到處瀰漫著姑息的氣氛，是非不明、公理不彰，大家見怪不怪，因此，能夠不計個人得失，敢於講真話，那是混沌中的一股清流，益顯得彌足珍貴！

根據處理投書的原則，對於來稿，我們必須進行查證，以防無的放矢，憑空謾罵。日前，接獲一封投書，當我撥通電話之後，電線的另一端，竟傳來顫抖、低沉的聲音，我立刻聽出那是歷經風雨歲月所陶鑄出來的聲音，應是難得的金科玉律，於是，我屏息聆聽教誨，他說已是七十幾歲風燭殘年的老人，人生七十古來稀，自知在世時日無多，本該澹泊明志，與世無爭，可是，每次想到自己還有一口氣在，還是活人的時候，就應該善盡一分社會責任，撰稿建言，不求名、不計利，但願不要以好管閒事見笑才好。

有人說：「一個人如果二十歲不美麗，三十歲不聰明，那他將永遠不再擁有。」放下電話聽筒，我久久說不出話來，腦際裡浮現一個很美麗、很健壯、很富有、很聰明，又很勇敢而可敬的長者，因為，捫心自問，比起耄耋勇者，我們正值年輕，除了為生活打拚之外，還真正對社會付出多少關愛？

兼編「言論廣場」二個月以來，讓我認識許多不為名、不計利，敢言能言的朋友，他們事事關心的精神，已逐漸在我的胸臆間萌芽！

一九九三年十一月三日

我只有高中畢業

前一陣子，常有人當面或來電問我，是否真的只有高中畢業？質疑一個高中生，怎有能力當總編輯？怎有能力經常寫專欄和社論？因為，別有用心的長官，經常藉機在外替我宣傳；而每一次面對這樣的問題，我均立即回曰：「千真萬確，我只有高中畢業！」

其實，早在二年前奉命接總編輯一職之後，召開首次編、採會議，即強調個人學歷是同仁中最低的，但因公務員職類與職系之囿，在「無牛駛馬」的情況下承接擔子，希望大家好好讀書，參加高考或升等考試，如果有人具備「荐任八職等」夠資格接手，個人樂意讓賢，因個人能力有限，每天「社論」繳稿壓力，常常寢食難安，是該退休回家吃老米了！

記得當天會後，有位擁有碩士學歷的同仁，走到身邊問我：「老總，你的學歷到底有多低？」當時，我委婉地建議：「在公務機關學歷高低，並不是最重要，想佔缺升遷，得先通過『國家考試』取得公務員任用資格，否則，即使擁有博士學位，也無法佔職缺！」

事實上，三十幾年前，國內大專院校寥寥無幾，金門高中每年畢業三百多人，能在大專聯考「金榜題名」者區區可數，何況，在敵人的砲火下，一般家庭普遍貧窮，能考上高中有錢註冊，且沒有留級蹲班，已是了不起的大事。畢竟，三十年後的今天，十八分也能上大學，何況，很多大學畢業連求職信也寫不出來、或錯字連篇，不是嗎？

近年來，國內大學院校林立，金門不但開辦大學，也可唸研究所，許多人獲補助進修取得學位。唯獨我們幹新聞編輯長期上夜班，作息日夜顛倒，且沒有正常假日，苦無機會進修，且每天為繳稿疲於奔命，何來時間寫作業？但自三十年前任公職以來，自知要在人群中立足，「沒有學歷，不能再沒有能力；沒有學歷，不能再沒有學問！」於是，每天逼著自己多讀書、多閱報，以彌補早年失學的缺憾！

坦白說，千真萬確，我只有高中畢業，竟淪為長官輕蔑的笑柄，經常在外替我宣揚。幸好，金門文壇前輩陳長慶先生，際遇比我更慘，初一即因家庭環境所迫輟學，但靠著販賣書、賣報的機會自修苦讀，如今已出版二十七本散文或金門鄉土長篇小說，在我的心目中，非但不敢輕視，反而當成崇拜的偶像，以及效法的榜樣！

二〇〇六年六月三十日

妙算有玄機

話說明朝開國元勳劉基，字伯溫，自幼聰穎過人，讀書一目十行、過目成誦，熟讀儒家經典、諸子百家之書，尤對天文、地理、兵法、術數特感興趣，潛心研究；二十三歲中進士，為元朝政府效力，惜諸多建議不為朝廷所採納，憤而辭職歸隱故鄉青田，後來朱元璋「慧眼識英雄」，獲邀輔弼建立大明皇朝。

根據民間傳說，劉基比張良、諸葛亮更為神通廣大，能未卜先知，有「前知五百年，後知五百年」之譽；其神機妙算功夫，為明太祖朱元璋所折服。有一次，明太祖身居內殿吃燒餅，方咬一口，忽聞太監傳報國師劉基晉見，立即以碗覆蓋手中燒餅，再召劉基入殿，君臣行禮如儀之後，朱元璋問：「先生神機妙算，可知碗中是何物？」劉基乃捏指細算，對曰：「半似日兮半似月，曾被金龍咬一缺，此燒餅也！」

其實，不是劉基神機妙算，正因「吃燒餅，沒有不掉芝麻的！」實是劉基偷瞥見桌上掉有一粒芝麻，只是想當然爾而已！

無獨有偶，類似的情形，也曾發生在我身上。記得幾年前，我擔任編輯主任之時，每次凌晨下班回家，途中經過「超商」，總習慣進去買個包子，回家當宵夜填補轆轆飢腸。

有一次，取好「鮮肉包」排隊結帳，前面一位年輕人與營業員交談購買「金酒股條」事宜，說什麼「每一人份」五萬五千元；由於我個兒不矮，站在年輕人身後，當他打開手提包拿錢付帳的剎那，不小心瞥見裡面滿滿是千元大鈔，估計有二、三百萬元之譜；然付完帳之後，逕行回家睡覺。

隔天清早，有人按門鈴，我下樓開店門，豈料，來客正是昨夜超商巧遇的年輕人，欲來內人經營的小店打印資料，依然抱著那只手提包，在等待內人下樓洽談打印事宜，我開了年輕人一個玩笑：「大哥：我有特異功能，眼睛能看透衣物，不信的話，請讓我猜猜手提包內的寶物！」但見年輕人滿臉狐疑點頭首肯，於是，我故作鎮定：「如果沒有看錯，手提袋內裝的是千元現鈔，差不多有三百萬元左右！」但見年輕人大驚失色；我又乘勝追擊：「我也能神機妙算！」說罷，故作捏指盤算：「大哥：您在作股票生意，對吧！」斯時，年輕人心服口服，轉而向我推銷起「金酒股條」生意，介紹一份佣金五千元。

其實，我沒有什麼特異功能、或神機妙算，只是前一夜所見的一點玄機罷了！

二〇〇七年十一月十六日

水火大賊

從前，金門是黃沙滾滾的海島，居民靠傳統農耕過日子，成年人普遍到南洋討生活，雖然，在人生地不熟的異邦當苦力，勞動條件差，傷亡率高，十之八九窮途潦倒、或老死他鄉，所謂「六亡、三在、一回頭！」少部份能衣錦回鄉的，卻成對岸盜匪打家劫舍的對象，所以，盜賊成為留在家鄉老弱婦孺的最怕！

其次，昔日金門荒涼的海島沒有電，自然沒有電燈，居民靠點土油燈或臘燭，稍有不慎，即易引燃室內物品釀成火災；而且，過去也沒有瓦斯，耕稼人家皆建灶燃草生火煮粥，若不慎星火燎原，也容易引起火災，更由於當時沒有消防車，發生火警只能動員人力，在池塘或水井取水滅火，救災效果有限，磚瓦房屋一經火燒，杉木斷折房頹屋倒；因為，貧窮的農業社會，有時二、三代人節衣縮食，也不見得有能力蓋一幢房子，所以，棲身避風雨的房屋失火傾倒，那是多麼嚴重的大事！

再者，農村田野處處有池塘、溝渠，孩童喜歡戲水，不幸慘遭滅頂時有所聞。因此，為人父母者，普遍為了不讓孩子戲水、玩火，而把水和火當成大敵，比喻如盜賊一般的可怕。也因此，許多當父母的，都以「水火大賊！」來嚇唬孩子。

事實上，「水、火本無情！」君不見，不久前，美國南加州發生森林野火，雖然，鐵漢州長阿諾動員六千多名消防隊員及國民兵，夜以繼日投入滅火，無奈強風助長火勢，縱然「山姆叔叔」擁有最先進的消防器材和滅火設施，可是，無情的大火延燒一周才受控制，總計燒毀一千八百幢房屋、與近二十萬公頃的林地，相當於三個台北市的面積，除造成十四人喪生，更有六十四萬人被迫撤離家園，財物損失初估超過十億美元！

由於這場森林火災損失慘重，也是加州史上最大的逃難撤離行動，難怪州長阿諾曾懸賞四十萬美元獎金，相當於新台幣一千三百萬元，誓言一定要抓到縱火嫌犯。然而，最後縱火嫌犯是抓到了，卻只是一名不到十三歲的男童，因玩火柴不慎釀成大災害，可是，禍首只是一個未成年的孩童，勢必無法定罪或求償！

的確，一個孩童玩火，竟釀成大災禍，可見不慎用火是多麼的可怕！老祖宗「水火大賊」一詞，誰能說不是金科玉律？大家應有防火如防盜賊的觀念，時時引以為戒！

二〇〇七年十一月十五日

玩火必自焚

不久前，馬來西亞「蛇王」阿里，耍眼鏡蛇已有二十五年的經驗，卻不慎在一項耍蛇表演之中，突遭飼養了六個月的眼鏡蛇噬傷右手；先敷上獨配的藥物，表演結束後才驅車前往醫院打針；豈料，隔天凌晨蛇毒發作搶救不及，與前年泰國「蛇王」一樣，玩蛇十七年，先後被咬三百八十七次，卻在最後一次失手一命嗚呼。

其實，古往今來，玩蛇的人，常遭蛇咬死；玩火的人，也常引火自焚；甚至，玩權弄勢的人，也常「菜蟲吃菜、菜腳死」，得到應有的報應，歷史上類似的故事，多不勝數。

話說明太祖朱元璋，有一次微服出巡，來到揚州西湖，知府畢子升久聞當朝皇上最痛恨貪官污吏，暗忖為官三年，貪財好色、收刮民財，地方上迭有怨言，一旦被察覺，家族性命難保。但是，皇上既然來了，怕也沒有用，倒不如好好安排招待，說不定讓他玩得開心，還能加官晉爵哩！

於是，畢知府通令在揚州城張燈結彩，將街上整理得乾乾淨淨，並暗中派人在行程中打點接應。某日，朱元璋與畢知府微服出遊，近午時分走進一家餐館，店小二按照安排「劇本」演出，引至樓上臨窗而坐。不久，一輛馬車路過樓下大路，掉下一袋錢，路過的人來來往往，竟沒人俯身撿拾。

朱元璋目睹情景甚為驚奇，便問店小二：「路上掉錢怎麼沒人撿？」畢知府急忙搶答：「此地治安良好，路不拾遺！」雖然，店小二嚇得雙手發抖不敢吭聲，但朱元璋終究是見過世面的人，早已看出其中蹊蹺，因此，用完餐後，即面告畢知府：「朕下午即回京，好好照顧地方百姓！」

傍晚，小店打烊之前，有一位中年人，扶著一佝僂的老人住店。午夜時分，店外突然人聲吵雜，火把照亮如同白晝，十幾名凶神惡煞似的捕快猛敲門，準備燒店殺人滅口，店主嚇得跪地求饒，正當捕快動刀之前，突然從店裡傳出：「大膽！有我在，誰敢動手？」原來，傍晚住店的那二人，正是朱元璋與御前帶刀侍衛所喬裝，因此，玩權弄勢、欺君貪贓的畢知府，遭就地正法；消息傳開，揚州府萬民額手稱慶，人人齊聲歡呼！

誠然，玩蛇的人，常被蛇咬死；玩火的人，也常引火自焚；而手擁權勢的人，切莫因貪財、好色，玩權弄勢欺壓異己，否則，「善惡到頭終有報」，將後悔莫及！

二〇〇六年四月十二日

知足心常樂

有一艘金門籍的貨輪「丹鼎二號」，滿載著四萬多瓶麥仔茶，準備運往對岸大嶝島上的「對台小額貿易商品交易市場」，不料行經田埔外海時，船艙進水沉沒，四名船員獲救，但所載麥仔茶隨波漂上金門東北角狗尾嶼海灘，附近村民聞訊爭相撿拾，有人用麻袋裝、扁擔扛，或用手推車載，甚至，有人出動轎車、貨車，全家總動員，爭相把麥仔茶搬回家。

當然，對於岸際漂流物品，依法不可擅自撿拾據為己有，否則，可能觸犯侵占罪吃上官司；然而，由於麥仔茶經漂流、沖刷，外觀皆已污損，貨主即使回收，也不敷成本，所以，主動宣佈願放棄貨物所有權，請民眾撿拾協助「淨灘」。

事實上，麥仔茶只是飲料，不能當飯吃，也有保存期限，可是，金門社會福利措施冠全國，竟有人出動貨車、全家總動員「搶」拾，新聞上了全國媒體畫面，足令全體鄉蒙羞，不禁讓人懷疑，撿那麼多麥仔茶喝得完嗎？

也許，這是人性貪婪的結果，不足以大驚小怪，畢竟，放眼今日社會，多少豪門巨賈、多少達官顯要，擁有的錢財幾輩子也花不完，但仍汲汲營營聚財不散，除了搞股票內線交易，連珠寶、禮券也來者不拒，甚至搜刮小額發票報公帳，引發反貪腐風潮百萬人走上街頭，令人搖頭嗟嘆！

其實，貪婪不知足，是人性的本質，自古已然，於今不改！曾經，有一個處處行善的人陽壽終了，魂魄被牛頭、馬面帶到森羅殿前，文武判官審查前世「功過簿」後，獲判可轉世投胎為人，閻王爺問他來生有何願望，但見回曰：「父作高官子狀元，繞家千頃盡良田；魚池花果樣樣有，嬌妻美妾個個賢；雕樑畫棟龍鳳間，倉庫積聚盡金錢；身居一品王侯位，富貴榮華壽百年。」閻王聽後大喜，立即起身讓座：「世間若有這種人，你做閻王我投胎！」

俗話說：「縱有廣廈千百間，一人難睡兩張床！」人生在世，每個人都有一張嘴，大家都要吃飯，在上位者應有悲天憫人的胸襟，以天下蒼生為念，切莫搞到「百姓都快活不下去了」，猶只顧自己的權位，而聽不到人民為生存的呼聲！畢竟，國家給的俸祿，已夠享受衣食無缺，何必貪得無饜，落得千古罵名？同樣的，市井小民能撿到別人放棄物權的麥仔茶，自家人夠用就好，何必動用貨車載運，知足心常樂，不是嗎？

二〇〇七年十月二十日

南洋錢、唐山福

旅馬來西亞的「丹斯里拿督」楊忠禮博士，前些日又帶著夫人、子女和孫子多人，循「小三通」經廈門搭船返回家鄉，主持國立金門技術學院「楊忠禮園」及金寧鄉安美東堡老家「楊氏明馨祖祠暨楊清廉紀念館」落成啟用典禮，獲得各界首長及宗親、鄉親的熱烈歡迎，媒體也廣泛報導。

是的！民國九十四年元月，金門舉辦「建縣九十週年暨世界金門日」活動，旅大馬僑領楊忠禮博士伉儷應邀返鄉參與盛會，曾慨捐新台幣二千萬元給「國立金門技術學院」充實教育基金，獲用以興建學人宿舍，命名為「楊忠禮園」；同時，也出資新台幣一千四百多萬元，在老家湖尾東堡興建「楊氏明馨祖祠暨楊清廉紀念館」，以表達慎終追遠、緬懷祖德的心願。

值得簡略說明的是，祖籍金門的旅大馬「楊忠禮集團」，旗下跨國事業涵蓋電力、能源、建築、觀光、洋灰、建材和高科技等領域，新近又斥資二十二億美元，興建馬國首都吉隆坡通往新加坡的高速鐵路，而且，事業版圖積極向海外擴展，目前已拓及中國大陸、印度、東南亞各國、日本、以及非洲與澳洲等地區。因此，在全球華商、亞洲與世界企業排行榜，皆可見「楊忠禮」及其企業的名字，最近十年間，旗下企業已有五家順利股票上市，其個人財富在華人富豪排行百名之內，在馬來西亞商界深具影響力，獲冊封為「丹斯里拿督」。

當然，旅外華僑回鄉蓋樓房、辦學校，楊忠禮並非第一人，因為，金門自古以來就是僑鄉，所謂的「南洋錢、唐山福！」許多「落番」到南洋討生活的人，賺了錢都會匯回金門奉養親人，甚至，寄錢回來蓋洋樓、建宗祠、辦學校，目前，島上許多古老的洋樓，都是華僑的傑作，諸如：成功村的「陳景蘭山莊」、前水頭的「金水小學」、碧山的「睿友學校」、陽宅的「浯陽小學」、古崗村的「古崗學校」、瓊林的「怡穀堂」等等，均為早年華僑捐資創辦的學校，免費供村內孩子讀書識字。

此次旅大馬「丹斯里拿督」楊忠禮博士返鄉捐款二千萬元興學，希望金門技術學院早日升格為大學，為金門教育千秋大業奠定基礎；同時，也捐一千餘萬元建宗祠，確是「南洋錢、唐山福！」其熱愛家鄉、回饋桑梓的精神，又立下新的典範，值得弘揚光大！

二〇〇七年十一月十九日

勤儉致富

祖籍金門旅大馬僑領「丹斯里拿督」楊忠禮博士，其事業與財富名揚國際，不僅媒體經常報導，相關新聞網路亦可搜尋，絕非隨便說說而已！

或許，大家都知道他很有錢，也很捨得捐錢，不僅在僑居地熱心公益，對回饋家鄉金門也不遺餘力，一如兩年前回來捐給金技學院二千萬元，縣長李炷烽曾有感而發讚嘆：「有錢，也要能捨得奉獻！」同時，立委吳成典也大開眼界：「看過很多人捐錢，但一次捐二千萬的，還是第一次！」

事實上，金門是海上孤島，早年地瘠人貧，楊忠禮的父親楊清廉，和大多數成年男丁一樣，挽著簡單的包袱「落番」當苦力，賺取微薄的血汗錢匯寄回家鄉奉養親人。雖然，在異邦工作條件差，卻能秉持出外人克勤克儉的打拚精神，慢慢建立事業基礎，並在異邦蕃衍下一代。

楊忠禮是第二代華僑，出生在馬來西亞，幼年就讀華文學校，接受儒家思想薰陶，二十一歲即成立建築公司，秉持一步一腳印「以誠待人、以信待客」，讓公司建立良好形象，業務因而蒸蒸日上，關係企業不斷擴張，逐漸成為跨國企業。

其次，談到「勤、儉」；由於楊忠禮博士是內人的伯父；記得五年前，家岳父不幸突然心肌梗塞逝世，雖然，他本人不克親自返鄉弔唁，指派二名侄輩回來奔喪，兩兄弟在馬國出生，首次返回金門，因此，在回僑居地之前，我陪同他們到金門各地走走，當抵水頭碼頭時，兄弟倆看到「金烈大橋」看板，立即錄影準備帶回去研究；船至金烈水道中線，更爭相跑到船頭仔細查看水文，原來他們是「楊忠禮建設公司」的工程專家，專門承建大樓和跨海大橋，回到金門仍不忘勤於觀察商機、及謙虛學習。

中午時分，一行三人遊罷小金門回到金城，在「紅大埕」小明餐館用膳，飯後盤中吃剩二小塊炸排骨，兄弟倆堅持能吃的東西，不能輕易丟棄，應打包帶回，因為，他們牢記著祖父「出外人」應勤勞和節儉的訓勉！

這一次，旅大馬的伯岳父楊忠禮博士，又帶著伯岳母一行多人回金門，再次捐款五百萬元給金技學院作為校務基金，也捐款五百萬元給東堡宗親重建「楊氏家廟」；或許，大家看到他成功的一面，卻很少人知道，其成功致富的要素，正是其家族成員，仍時時秉持「出外人」勤儉的精神！

二〇〇七年十一月二十日

家和萬事興

從前，金門土地貧瘠、居民謀生不易，成年男丁爭相結伴「落番」到南洋討生活，雖然，大多數人窮途潦倒或客死他鄉，卻也有人勤儉致富，回到家鄉蓋洋樓、修宗祠、辦學校。所以，目前島上尚有一百三十餘幢「番仔樓」，分佈在五十一個村落，其中，以水頭、後浦、浦邊、官澳等村為多。

然而，放眼今日島上古老的「番仔樓」，歷經歲月與風雨侵蝕，加諸長期乏人管理，泰半蔓草叢生成廢墟；遙想當年，每一幢「番仔樓」的興建，皆在訴說一段出外打拚感人的故事；如今，洋樓風華不再，能不令人唏噓？

事實上，古往今來，世界上許多富豪，大多數「富不過三代」，甚至，「頭一代油鹽醬醋、第二代長衫拖土、第三代當田賣祖。」許多是第一代「創業維艱」辛苦締造的事業，兒孫「守成不易」輕易拱手讓人，案例不勝枚舉！

而旅大馬「丹斯里拿督」楊忠禮博士，深知其家族企業是父輩開拓，加上自身創業，將來需要兒孫克紹箕裘，因而極為重視子女教育，雖然，七名子女均受西方教育，但成長過程之中，時時以身教言教，灌輸儒家道統思想，陶鑄中華固有文化美德，特別是兒孫皆依故鄉楊氏昭穆序次取名，以示不忘本，永遠記得祖先來自金門。

尤其，夫人陳開蓉女士長期從事教育工作，不喜交際應酬，傾心在子女向善調教。而今，七名子女之中，四人獲得英國工程師資格，其餘分別為測量師、會計師、和律師，一門七傑學有專精，在家族企業各司其職，運籌帷幄領導旗下公司員工，已有「青出於藍、勝於藍」的氣勢。

值得一提的是，「楊忠禮集團」家族兒孫輩成員，出國求學期間寒、暑假裡，都必需回到馬來西亞，進入公司或工廠體驗第一線艱苦的工作，認真接受磨練，唯有對公司有實際貢獻，才能獲分配股份，絕不容許有不勞而獲的投機心裡。此外，家族成員每周日必定團聚，由夫人陳開蓉親自主廚，讓全家人同享「有媽媽味道」的晚餐、沐浴天倫之樂，以培養家族親和力、促進團結向心，共同致力企業永續發展。

所謂「家和萬事興，家不和萬世窮！」旅大馬僑領楊忠禮博士，重視子女教育與團隊人才培養，並秉持「出外人」勤儉打拚的精神，因此，家庭和諧、人人奮勵前進，很明顯地，已打破「富不過三代」的魔咒！

二〇〇七年十一月二十日

期待再相會

前年，有位熟識的電腦繪圖高手，很喜歡看「浯江夜話」的方塊文章，但覺得刊頭老態龍鍾，願義務幫忙設計幾個新穎的，可惜被我婉謝了！

因為，「浯江夜話」是許多前輩嘔心瀝血打造的「金字招牌」，刊頭更是前編輯主任顏伯忠的精心力作，已歷經近四十載春秋歲月，特別是他蒙主寵召去了天國，但所遺留「不為利誘、不為勢劫」的報人風格與敬業精神，依然為同仁所崇敬，吾輩不能、也不敢輕言更換！

其實，報社內同仁有一位畢業於國立大學的高材生，除俱有繪畫天分，電腦繪圖功夫更是一級棒，倘若刊頭要常常更新，絕對游刃有餘！

再說，「金門日報」副刊版的方塊文章，是自民國五十二年創刊以來即存在的專欄，由社長、總編輯和編輯主任輪流執筆；其間，金門縣長羅漢文亦曾親自參與撰稿，堪稱是集島上筆陣精英於一堂，不但篇篇維持一定的水準，且因文字簡潔，含義深遠，為讀者所喜愛，成為讀者叫好叫座的招牌！

大約是在二十年前，編輯主任顏伯忠為提升編輯人員素質，毅然決定「浯江夜話」專欄，改由編輯輪流執筆，因為，所謂「浯江夜話」，就是讀者、作者和編者，透過編輯台的對話，所有的編輯同仁都不能置身事外，而且，為了繳稿，平日就必須要多閱讀書報，掌握社會脈動，增廣見聞才有題材可下筆。他相信「一分努力，勝於十分才智」，新聞編輯人員唯有不斷地讀和寫，日積月累收潛移默化之效，以有助提升報紙水準。

誠然，方塊文章，並無題材限制，什麼都可以寫，大至國家興亡，小至個人喜怒哀樂，可是，卻有字數限制，下筆要簡而不繁，言之有物，讀起來發人深省，實非易事！坦白說，個人才疏學淺，忝為「浯江夜話」園丁，十餘年來每逢繳稿日，總是折騰大半天、搜索枯腸無以下筆，每次匆匆急就補白，淺陋之見，實愧對讀者大眾。

如今，走過砲火與風雨歲月的「浯江夜話」園地，同仁雖默默耕耘，致力維護前輩打造的「金字招牌」，然於六月六日晚間，一通從城中籃球場打進編輯部的電話，直接指示副刊主編：「即日起停刊」。

因此，走過四十二載歲月的「浯江夜話」，將自六月十日起暫時劃下休止符，原有的主筆群，要和大家揮手道別，只能輕聲吟唱：「再會！再會！難分難離在心底，那知時間又經過，不敢說出一句話，雖然暫時欲分開，總是有緣來作伙，只有真情放心底，期待你我再相會！」

二〇〇五年六月九日

附錄

懷念《浯江夜話》

／魯軍

民國六十四年我被派到金門日報服務，那時候金門還有「單打雙不打」的砲擊，做為一個軍人，能到炮火前線服務，是一種榮譽。報到的第一天傍晚，一發砲彈落在排撿房前空地，距離我的辦公室大約只有二十公尺，當時的爆炸聲和火藥味，非常地震撼人。報社同仁笑稱：這是對岸給我的歡迎禮炮，令人著實難忘！

另外一件印象深刻的事，晚上到編輯部上班，看到副刊大樣有方塊文章曰《浯江夜話》，感到一陣奇怪與不解。明明是「日報」，為何用「夜話」作為專欄名稱，如果用《浯江晨話》豈不較為適合？第二天的編輯會報上我將這件事請教編輯主任顏伯忠，據告：第一、《浯江夜話》是金門日報具有悠久歷史的專欄，能不更改最好不要更改。第二、因為《浯江夜話》都是報社同仁執筆，發稿都在夜晚，稱之為「夜話」誰曰不宜。我為之默然。

事實上金門日報《浯江夜話》，在金門擁有很多讀者。當時金門實施戰地政務，是「軍管時期」，司令官是金門的最高統治者，真正是「上馬管軍，下馬管民」。在炮火戰地前線，是談不上什麼「新聞言論自由」的。雖然當時戰地司令官夏荷池將軍為人寬厚，但做為金門當地唯一的報紙，誰也不敢捋虎鬚，在新聞處理和評論文字上，分寸拿捏，十分小心。只有《浯江夜話》有時候還能針對某些問題，提出善意批評和積極建議，為金門的新聞言論開了一個小小的窗口，在當時的砲火戰地，是十分難得的事。所以《浯江夜話》擁有讀者是不無原因的。

記得有一次總政治作戰部主任王昇上將到金門巡視，下飛機後直接驅車到水頭碼頭，搭乘蛙人攻擊舟赴小金門。對金門日報而言當然是大新聞，我在機場立即通知報社派記者直接搶先到水頭登上蛙人小艇守候，等待王主任來到時，隨同到小金門貼身採訪。沒想到金防部一位中校看到記者坐在蛙人小艇上，便要趕記者下來，大聲吆喝：「記者是什麼東西？馬上給我下來。」記者當然堅持不下艇，這時候王上將的座車已到，那位中校來不及趕人，只好眼睜睜看著記者隨著小艇破浪前進直赴小金門。

我當時目睹這一幕，感觸很深，一方面對於記者為了達成採訪任務，忍氣吞聲的敬業精神表示敬佩；一方面對於那位中校出言不遜，一點都不尊重別人感到不平。回到報社，當天晚上寫了一篇《浯江夜話》，標題是用粗黑體醒目標出：「記者不是『東西』」。文中對於記者的職責有所闡釋，對於那為中校頗多指責，強調一個現代的中級軍官應具備最起碼的待人禮貌，蠻橫粗野不是現代軍官應有的修養。第二天一出報，立即引起金門極大的注意，甚至有人為我捏了一把冷汗，怕的是萬一引起軍方的反感，我會吃不消兜著走。結果出人意表，金防部沒有任何不悅的反應，夏荷池將軍的民主風範，給金門人有了新的認識，而《浯江夜話》名聲也因此而大噪。

最近金門日報把《浯江夜話》專欄停掉了，理由是讓金門日報副刊園地更開放，我離開金門很久了，對於真實情況不甚了解。當然，我不是不贊成停掉「浯江夜話」，只是對「浯江夜話」這塊曾經耕耘很長一段時期園地被停掉，有一份難以形容的懷念！（二〇〇五年七月二十三日原載青年日報）

註：本文作者於民國六十五年，任金門日報與正氣中華報社長，榮陞將軍後出任青年日報社社長。

後記

但使願無違

在我三歲那年，爆發「八二三炮戰」，四十四天大戰當中，金門一百五十二五方公里的小島，落彈近五十萬發；由於村後國軍佈置八門「一五五榴彈炮」，因炮兵開火，慣例先轟炸對方炮陣地，所以，村子遭「池魚之殃」落彈特多，我們家唯一棲身的磚瓦房，先後中了七發炮彈，同時，灌溉的水井被震跨，連耕牛也被炸得身首異處，唯一慶幸的是，一家老小毫髮無傷！

自古以來，農村需要大量人手，家家孩子一大群，我們家也一樣，兄弟姊妹七人，個個嗷嗷待哺。金門是海中孤島，到處黃沙滾滾，能耕種的田地本不多，成年男丁皆遠赴南洋討生活；先祖自對岸泉州渡海前來墾牧，祖父有五個兄弟、父親也有五個兄弟，祖產得作廿五等份均分，偏偏我也有五個兄弟，將來若要靠耕種維生，將無立錐之地。何況，適逢「國、共」兩軍隔著金廈重兵對峙，金門居民管制不准出境到南洋謀生，島上無分男女，年滿十六歲即納入民防自衛隊，配發槍枝接受軍事訓練，隨時為保鄉衛國與國軍併肩作戰。

當年，金門教育不普及，普遍是借用村落中的宗祠當教室，學生打赤腳在敵人的砲聲中上課，很多人等不及唸完國民小學，只要有一枝步槍高，就紛紛報考「士校」當兵吃大米飯，不必天天喝蕃薯湯，家裡也可申領眷補米糧。

或許，由於當時營養不良，唸國中以前，我的個兒一直沒有步槍高，而且，有人當著母親的面嘲笑：「一個兒子娶媳婦，聘金等開銷至少要二十萬元，五個兒子就要一百萬，沒田、沒地、沒產業，憑什麼娶某，將來恐怕要被人家『招女婿』改姓！」

因此，父母親發願：孩子既然已生下，無論日子再怎麼辛苦，也要讓所有孩子唸完金門最高學府——金門高中，更不能被招贅改姓。事實上，雙親生長在日據時代，沒有機會讀書識字，僅靠種一塊錢三斤的青菜、和剝一斤一塊五毛錢的海蚵，沒有固定收入、也沒有「子女教育補助費」，卻能在敵人的炮火下，讓五個兒子先後唸完金門高中，雖然，在那窮苦的年代，部份孩子未能升大學，但其中有人在離島從未補習，卻能自力考上醫學系；更值得安慰的是，五個兒子都已成家立業，沒有人出嗣或贅入他姓。

坦白說，當年個人高中畢業未能升學，迄今不但沒有怨與恨，反而非常感謝父母，因為，當時一家老小生活無以為繼，他們沒有為了領取軍眷米糧，強逼我們兄弟去當兵，甚而能讓我們到城裡唸高中，確實是非常的不容易。

當然，因為自己沒有學歷，自覺要在職場存活，就不能沒有學識、也不能沒有能力，所以，平時努力看書、閱報，希望在「社會大學」裡多多充實自己。很幸運地，進入金門日報工作之後，承蒙時任編輯主任的顏伯忠先生諄諄教誨，提攜擔任新聞編輯，並因工作關係得與文字為伍，逼著自己每天要看很多份報紙、找時間閱讀古典史籍，並時時關心社會脈動，所謂「世事洞悉皆學問、人情練達即文章」，幾年之後，幸獲升等考試及格，在「無牛駛馬」的情況下，先後晉升編輯主任及總編輯，然因長期上夜班，且沒有固定假日，金門雖已開辦大學，惜仍無緣進修補學歷，幸好，為應工作需求，每天更勤於讀書、閱報，才能獲取更多的知識。

如今，能獲「秀威資訊」發行人宋政坤先生、主任編輯林世玲小姐之協助，願同時出版「人間有情」、「天公疼憨人」、「心寬路更廣」、和「心中一把尺」四書，同時，更幸運能獲知名作家丘秀芷女士、國際知名法學博士傅崑成教授、金門文壇前輩陳長慶先生，摯友陳欽進兄等分別作序，以及蔡群生先生為文稿校對、名書法家張水團先生為書名題字，謹此同表感謝。

值得一提的是，文壇前輩陳長慶先生際遇比我還糟，唸完初一即因家境所迫輟學，靠賣書、賣報維生，卻能自修苦讀，並不斷向各報刊投稿，所寫的金門鄉土小說和散文，備受讀者喜愛，迄今已結集出版二十七本書，分別在各大書店和網路書城出售。

回首前塵往事，當年我的父母不識字，為恐孩子娶不到媳婦，因而發願無論再怎麼辛苦，也要讓孩子讀完高中，不能被人家招贅改姓；如今，他們的願望達成了！想想自己年逾不惑，雖然沒有學歷，卻依然擁有時時努力學習、和接受挑戰的勇氣，儘管，靠自修投稿寫作之路非常辛苦，但金門文壇前輩陳長慶先生，正是我效法的好榜樣，因此，願借用陶淵明的詩句：「晨興理荒穢，帶月荷鋤歸；道狹草木長，夕露沾我衣；衣沾不足惜，但使願無違。」作為鞭策自己的動力、與努力的方向，祈盼有朝一日，願望也能實現！

二〇〇七年十一月二十五日

國家圖書館出版品預行編目

心中一把尺 / 林怡種著. -- 一版. -- 臺北市 :
秀威資訊科技, 2008.01
面; 公分. --（語言文學類；PG0167）

ISBN 978-986-6732-56-0（平裝）

855　　　　96025031

語言文學類　PG0167

心中一把尺

作　　者 / 林怡種
發 行 人 / 宋政坤
執行編輯 / 林世玲
圖文排版 / 郭雅雯
校　　對 / 蔡群生
封面設計 / 莊芯媚
書名題字 / 張水團
數位轉譯 / 徐真玉　沈裕閔
圖書銷售 / 林怡君
法律顧問 / 毛國樑　律師
出版印製 / 秀威資訊科技股份有限公司
台北市內湖區瑞光路583巷25號1樓
電話：02-2657-9211　傳真：02-2657-9106
E-mail：service@showwe.com.tw
經 銷 商 / 紅螞蟻圖書有限公司
台北市內湖區舊宗路二段121巷28、32號4樓
電話：02-2795-3656　傳真：02-2795-4100
http://www.e-redant.com

2008 年　1 月　BOD 一版
2009 年　11 月　BOD 二版
定價：270 元

讀　者　回　函　卡

感謝您購買本書，為提升服務品質，煩請填寫以下問卷，收到您的寶貴意見後，我們會仔細收藏記錄並回贈紀念品，謝謝！

1.您購買的書名：______________________

2.您從何得知本書的消息？

□網路書店　□部落格　□資料庫搜尋　□書訊　□電子報　□書店

□平面媒體　□ 朋友推薦　□網站推薦　□其他__________

3.您對本書的評價：(請填代號　1.非常滿意 2.滿意 3.尚可 4.再改進)

封面設計____　版面編排____　內容____　文/譯筆____　價格____

4.讀完書後您覺得：

□很有收獲　□有收獲　□收獲不多　□沒收獲

5.您會推薦本書給朋友嗎？

□會　□不會，為什麼？______________________________

6.其他寶貴的意見：______________________________

____

____

____

讀者基本資料

姓名：____________________　年齡：______　性別：□女 □男

聯絡電話：________________　E-mail：____________________

地址：____

學歷：□高中(含)以下　□高中　□專科學校　□大學

□研究所(含)以上　□其他______________

職業：□製造業 □金融業 □資訊業 □軍警 □傳播業 □自由業

□服務業 □公務員 □教職　□學生 □其他__________

請貼
郵票

To：114

台北市內湖區瑞光路 583 巷 25 號 1 樓

秀威資訊科技股份有限公司　　　收

寄件人姓名：

寄件人地址：□□□

(請沿線對摺寄回,謝謝!)